Audrey Roman, André Valrais

Micmac Provençal

Ce récit n'étant pas tiré de faits réels, toute ressemblance avec des personnes existantes, ou ayant existé, ne serait qu'une fâcheuse coïncidence. Pour une bonne compréhension du texte, il est fortement conseillé de lire le tome 1 intitulé : les marmites Provençales, ainsi que le tome 2 : Mystère à Tréfort.

Après de longs mois d'enquête, la brigade des stupéfiants, dont le rôle consiste à démanteler les réseaux de trafics de drogues, mais aussi à lutter contre la consommation de produits illicites et à mener des actions de répression, en coordination directe avec les différents services de police, intervenait sur l'île de beauté démantelant tout le réseau de trafiquant qui comptait dans ses rangs beaucoup de connaissances de l'avocat Ange Casanova. Cerise sur le gâteau, quelques gros pontes de la cosa nostra Sicilienne, qui se trouvaient à Ajaccio à ce moment là, furent également pris dans les mailles du filet.

Les services de la répression des fraudes se penchèrent ensuite sur une entreprise fantôme du nom de *Hestia et Athéna* qui servait, grâce à des montages financiers à blanchir l'argent du milieu Corse, mais aussi Sicilien. En remontant la piste, ils trouvèrent un compte à la Banque Populaire Méditerranée sous le nom d'Albertu Alajaunis. Seul problème, c'est que cet autochtone était décédé depuis déjà vingt ans. Mais les Corses n'hésitant pas à faire voter leurs morts, celui-ci avait simplement été ressuscité pour la circonstance.

Mais revenons un peu en arrière. Sur les hauteurs d'Ajaccio au moment où Ange Casanova, ayant compris que Germaine avait détourné des sommes importantes destinées à la mafia Sicilienne, la pria de se hâter de quitter l'île pour disparaître dans la nature. L'avocat, dans un ultime geste de bienveillance effaça toutes traces administratives de l'existence de Germaine Pétulance, la remplaçant par le sieur Albertu Alajaunis, devenu à titre posthume, le nouveau PDG de *Hestia et Athéna*. Ensuite, l'avocat contacta la brigade des Stups afin de dénoncer le mécanisme du blanchiment d'argent et le trafic de drogue organisé par le milieu Corse. Sachant qu'une telle trahison de sa part lui vaudrait une sentence définitive, il regagna lui aussi le continent pour se faire oublier le temps que l'intervention des forces spéciales ne vienne mettre un terme aux malversations des mafieux.

Mais pourquoi donc Ange Casanova avait-il pris un tel risque ? Pour le comprendre, il nous faut revenir de nombreuses années en arrière, période où l'avocat avait été approché par les services des douanes, alors qu'il était encore à Gibraltar, qui est une plaque tournante très importante du trafic de drogue provenant directement du Maroc situé juste en face du rocher. A ce moment là, la clientèle ne se bousculait pas dans la salle d'attente de l'avocat et le marché qui lui fut proposé fut le suivant : s'il acceptait d'indiquer aux douanes Françaises les précieuses informations qu'il obtenait de ses truands de clients, sur la livraison de marchandises illicites, invitant fortement ceux-ci à lui dire la vérité mettant en avant le fait que sans cela, il ne pourrait les défendre convenablement, il obtiendrait en échange une commission relative au nombre de kilos de drogue saisis par les douanes. Tandis que ses clients au passé sulfureux s'épanchaient sans méfiance, pensant bien naturellement être protégés par le secret professionnel, les gains s'accumulaient au gré des saisies et l'avocat envisagea alors de rentrer en France pour accéder à un train de vie supérieur. Il s'installa donc à Toulon, ville dans laquelle, de par ses réels talents de plaideur et d'orateur exceptionnel, il parvint à se constitua rapidement une clientèle huppée.

Quelques années plus tard, ses bons services rendus auprès des douanes lui valurent d'être à nouveau sollicité, cette fois-ci par la brigade des stupéfiants pour infiltrer le milieu Corse, île dont il était originaire et dont il connaissait bien les us et coutumes. Il fit ainsi la navette entre le continent et l'île de beauté où il lui arrivait de défendre les intérêts de mafieux qu'il connaissait depuis l'enfance. Étant extrêmement rancunier, l'avocat ne gardait pas un bon souvenir de ces tendres années, pendant lesquelles il était le souffre douleur de ces voyous, à cause d'un bégaiement qui fort heureusement, disparut avec l'âge. Ange Casanova se constitua ainsi dans le plus grand secret, un dossier sur chaque individu qu'il transmettait ensuite, dès que possible, aux Stups. Il ne manquait plus, pour faire tomber les caïds, que quelques renseignements pour démanteler tout le réseau et procéder à des arrestations.

Ce fut quand Cunégonde lui demanda de lui procurer des faux papiers, devenant ainsi Germaine Pétulance, qu'il eut l'idée de la bombarder PDG d'une importante entreprise de management spécialisée dans les travaux public, entreprise fantôme, qui allait lui permettre de proposer à la mafia Corse d'investir de fortes sommes d'argent sale pour son fonctionnement, celles-ci étant récupérées lors de l'attribution des marchés, après des appels d'offres, étant bien entendu tous emportés par l'entreprise de travaux public *Hestia et Athéna*.

Tout ce beau monde allait écoper de lourdes peines et se retrouver derrière les barreaux. L'arrestation très médiatisée fit les gros titres et les journaux télévisés passaient en boucle les images des mafiosos sortant des véhicules de gendarmerie, leur veste relevée sur la tête en passant devant les cameras. Il suffisait d'allumer le poste de télévision pour qu'après les pauses de publicités, on tombe sur les infos. Germaine qui était rentrée de sa promenade au parc et qui passait devant l'espace de vie collectif marqua un temps d'arrêt, puis elle s'approcha du téléviseur fixé sur son support en hauteur, afin que tous les résidents puissent le voir. Elle se campa sur ses jambes arquées et hallucina d'entendre citer les noms des mafieux qu'elle avait côtoyé. Elle en reconnu certains, malgré leur tentative d'échapper aux flashs des photographes et poussa un cri qui fit sursauter une patiente venue se placer à côté d'elle. Sortant précipitamment de la salle elle se dirigea vers le bureau du docteur Bohbo.

Même si Germaine s'était parfaitement adaptée à sa nouvelle vie au sein de l'établissement psychiatrique, utilisant ses talents de persuasion pour obtenir des petites faveurs de la part des infirmiers, quelques fois, en proie au cafard elle se disait que la vie ne vaut rien, mais que rien ne vaut la vie, et surtout en dehors des murs de l'Ordre Hospitalier des Frères de Saint-Jean de Dieu. Et pour Germaine Pétulance, les récentes actualités c'étaient du pain béni.

- Docteur je souhaite mettre fin à mon hospitalisation estimant que je me sens vraiment bien à présent.

- Vous pouvez bien sûr mettre fin à votre prise en charge, étant en soin psychiatrique libre, mais à condition de remplir une formalité.

- Laquelle docteur ?

- Signer une décharge. Je dois aussi vous avertir du risque de retrouver prématurément la vie à l'extérieur. Un changement brutal qui va peut-être provoquer chez vous des angoisses et disons... certaines difficultés à appréhender les aléas du quotidien.

- Parfait, me voilà prévenue. Quand puis-je partir ?

- Le temps de passer voir la secrétaire pour remplir les papiers et vous pourrez sortir libre comme l'air. Mais je trouve que c'est dommage, dans la mesure où vous vous êtes parfaitement bien intégrée et que votre séjour parmi nous vous a été visiblement bénéfique. Enfin... s'il y a le moindre problème vous savez que la porte vous est grande ouverte Germaine.

Elle sortit du bureau et monta prestement jusqu'à sa chambre pour faire sa valise, puis elle se présenta pour remplir les formalités de sortie à la secrétaire qui finissait de se vernir les ongles. Se retenant de ne pas crier de joie, Germaine signa les documents et quand la porte vitrée s'ouvrit sur l'extérieur, des larmes de joie coulèrent sur ses joues faisant dégouliner son fond de teint. Ces dix mois d'internement l'avaient mise à l'abri des représailles des mafieux Corses, mais leur arrestation en ce mois de Septembre 2012, allait marquer le retour de celle qui avait déjà quelques idées pour rebondir.

Elle prit le train jusqu'à Aix en Provence et ensuite un taxi qui la déposa sur la place du village de Tréfort. Elle régla la course sans laisser de pourboire au chauffeur et, triomphante, en tirant sa valise à roulettes de marque RIMOWA (dernier vestige du temps de sa splendeur) elle traversa la place pour passer devant la maison du père Gustave. De derrière la fenêtre de sa cuisine il la vit et sortit alors sur le palier. Il plissa les yeux en mâchant bruyamment, regardant s'éloigner celle qui, pour lui à n'en pas douter, représentait une somme colossale d'emmerdements à venir.

Germaine tourna la clé dans la serrure de la maison familiale, qui n'ayant jamais trouvé acquéreur, Irène s'étant lassée de faire paraître des annonces, était restée en l'état. Comme la cadette entrait dans le salon, la forte odeur de renfermé disparut après qu'elle eut ouvert les volets bleus.

Son arrivée délogea toute une ribambelle de souris qui, dans un sauve qui peut, s'engouffrèrent dans une petite ouverture dans la cuisine. Une impression d'abandon fit penser à Germaine qu'il lui faudrait redonner de l'éclat à cette bâtisse. Elle trouva une bouteille de whisky aux trois quarts vide dans l'un des meubles de style moderne qu'elle s'était fait livré, après que les époux Calbut eurent fait emporter les leurs par l'association *Bric à Brac* et rendu les clés.

Elle s'en versa un verre et le leva vers l'ajour de la fenêtre pour en admirer la couleur miel, légèrement dorée, avant de boire le breuvage de 10 ans d'âge cul sec. Elle fit claquer sa langue sur son palais et sortit sur le balcon pour s'apercevoir que la maison mitoyenne des Fauconyaca, donnait la même impression d'abandon. Elle pensa qu'elle risquait bien de tomber en ruine si la fille de Rita ne venait pas l'habiter vu que sa mère et son père n'étaient pas prêts de sortir de l'asile d'aliénés.

La cadette regarda un long moment le soleil qui enflammait le ciel dans un festival de couleurs oranges et rouges avant qu'il ne disparaisse derrière le massif de la Sainte Victoire. Elle se dit qu'elle ne pouvait pas rêver plus bel accueil en savourant sa liberté retrouvée.

Ses pensées allèrent à Ange Casanova. Elle se demanda comment les choses avaient bien pu tourner pour lui, une fois qu'elle eut quitter la villa sur les hauteurs d'Ajaccio. Elle essaierait de l'appeler demain après une bonne nuit de sommeil.

Le lendemain de bonne heure elle monta jusqu'à la mairie croyant y trouver quelqu'un qu'elle connaissait bien. Elle apprit ainsi par la secrétaire que l'adjoint au maire Jean Piètre avait quitté ses fonctions et qu'il s'adonnait à la pêche à la cuillère dans les eaux de la rivière de l'Arc et que son remplaçant, Raymond Téton n'allait pas tarder à arriver.

Elle fit ainsi la connaissance du nouvel adjoint au maire. Un homme de stature élégante à la diction agréable et apaisante. Immédiatement sous le charme, Germaine commençait à battre des cils et à se pâmer quand elle aperçut, posé sur le bureau le journal *La Provence*. Attirée par la *Une* du quotidien, elle cessa son jeu de séduction pour parcourir l'article.

Les ex-Moulins Maurel en sursis

Première réunion d'information ce matin sur le projet de fermeture du site. **P.6**

SAINT-BARNABÉ
Les forains font de la résistance P.9

La Provence
MARSEILLE

JEUDI 6 SEPTEMBRE 2012

laprovence.com / 1,00€

FAIT DIVERS

4 morts dans une tuerie en Haute-Savoie P.V

LOGEMENTS SOCIAUX
Les terrains marseillais qui vont être cédés P.V

FOOTBALL
Mathieu Valbuena veut des Bleus "irréprochables" P.24

TÉLÉVISION
Christian Marin, un chevalier rejoint le ciel P.30

Important coup de filet dans le milieu Corse avec l'arrestation de plusieurs des caïds du trafic de drogue.

C'est à six heures ce matin que la brigade des stupéfiants, à l'issue d'une longue enquête, a procédé à l'interpellation de plusieurs mafieux Corses et Siciliens amenant au démantèlement d'un vaste réseau de stupéfiants et de blanchiment d'argent sale. Une société fantôme, gérant des entreprises de travaux publics du nom de Hestia et Athéna, servait d'écran aux malversations des truands qui tous, ont demandé à avoir Maître Ange Casanova comme défenseur.

CHANTIERS
Le ruisseau qui contrarie le géant CMA CGM

Depuis 6 mois, le siège de l'armateur est cerné par les travaux, dont celui du recalibrage du ruisseau des Aygalades. Inacceptable pour son patron. **P.6**

CULTURE
Des faux billets créatifs imaginés au Plan d'Aou

Le projet de Jean-Luc Brisson? Associer pour Marseille Provence 2013 les habitants de la cité à une banque virtuelle et à la création de ses petites coupures. **P.10**

Elle reposa le journal et sortit du bureau pour redescendre à toutes jambes vers la maison familiale. Arrivée dans le salon, essoufflée elle saisit le téléphone puis elle prit place dans son fauteuil Emmanuelle en rotin et appela Ange Casanova.

- *Vous vous êtes servi de moi dans cette affaire !*

- *Ne vous inquiétez pas, j'ai effacé toutes traces pouvant vous rattacher à la filière du milieu Corse.*

-*Il n'empêche... si les choses avaient mal tournés, j'aurais pu y laisser ma peau !*

- *Je n'ai pas eu le choix. Ou bien j'acceptais de fournir les renseignements à la brigade des stups, ou alors j'avais un contrôle fiscal sur le dos.*

- *Quoi ? C'est tout ? Voilà la seule raison pour laquelle vous avez balancé vos amis Corses ?! Vous me prenez pour une dinde ?*

- *Bon, j'avoue qu'une forte prime a fini de me convaincre... mais là n'est pas l'important Germaine, le fait est, que vous voilà à nouveau libre de vivre votre vie comme vous l'entendez et si vous avez besoin de mes services n'hésitez pas à me contacter pour...*

- *Alors là pas de danger ! Vous appartenez désormais à un passé que je préfère oublier !*

- *Bien... mais encore un détail... j'ai fait transférer une certaine somme d'argent, après blanchiment, sur un compte en banque dans un pays qui fait du bon chocolat, juste histoire de redémarrer quelque chose.*

Soudainement à ce point de détail, Germaine changea de ton et toujours dans son fauteuil en rotin, situé devant un grand miroir, elle fit une mimique avec la bouche en cul de poule et minauda en prenant la pose comme sur le poster de l'affiche du film Emmanuelle en essayant plusieurs expressions :

- Ah ? Eh bien je vous en remercie cher Maître. Et... de combien parle t-on ?

- *Je pense que, un 1 800 000 euros devraient vous permettre de démarrer...*

- Ah c'est sûr que ça va me permettre de ne pas vivre petit bras ! Cher Maître, je vous remercie pour tout, vous m'êtes extrêmement sympathique vous le savez, et je ne manquerai pas de faire appel à vos services compétents au cas où.

- *Vous pourriez descendre jusqu'à Toulon, et nous irions dans un bon restaurant pour poursuivre cet entretien en tête à tête... qu'en pensez-vous Germaine ?*

Prise à contre pied par cette proposition, la cadette cessa d'être en représentation et se dit qu'après s'être déjà envoyé le Gaétan Caruso, elle pouvait accrocher à son tableau de chasse un avocat de classe supérieure. Elle répondit sur un ton détaché d'une voix doucereuse :

- Mais pourquoi pas, cher Ange, les gens comme nous, qui font partie des 20 pour cent, ne peuvent qu'avoir des choses à se dire relevant d'un destin hors du commun.

- *Parfait ma chère, j'attends donc votre visite incessamment sous peu. Je vous remettrez le numéro de code d'accès à votre compte ce jour là.*

La somme annoncée par l'avocat dopa la cadette qui se sentit pousser des ailes. Voulant descendre se coucher, elle actionna l'interrupteur pour éclairer la descente d'escalier donnant accès à sa chambre ainsi qu'au studio, et la demeure se trouva soudainement plongée dans l'obscurité. Elle appuya sur l'interrupteur du salon et rien. Idem dans la cuisine. Une panne de courant se demanda t-elle, sortant dans la rue pour voir si le lampadaire du coin était éclairé ou s'il s'agissait d'une panne de secteur touchant tout le village. Le réverbère était bien en service et elle vit que des maisons avaient de la lumière. Elle en conclut donc que la panne venait de chez elle. Elle regarda alors dans les pages jaunes pour trouver un électricien et tomba sur l'annonce de l'un d'entre eux :

- Bah, lui ou un autre... j'appelle et je verrai bien...

Elle attendit un bon moment avant que quelqu'un ne décroche enfin. A l'autre bout du fil, une femme visiblement tirée de son premier sommeil demanda d'une voix encore endormie :

- *Allo ? C'est pour quoi ? Il est arrivé quelques chose ?*
- Allo Monsieur Joncteur, j'aurais besoin de vos services !
- *Quoi ?! D'abord c'est madame... et ensuite... vous avez vu l'heure là ?*
- L'heure ? Ah oui il est 23 heures... comme le temps passe. Je suis dans le noir voyez-vous...
- *Eh bien restez-y jusqu'à demain et rappelez moi dans la matinée.*
- Je suis prête à vous payer votre déplacement plus une prime conséquente si vous venez tout de suite.
- *Mais bon Dieu d'où appelez-vous ?*
- Du village de Tréfort... vous voyez, ce n'est pas bien loin...
- *Pas bien loin, pas bien loin... quand même !*
- Allez hop sautez dans votre voiture, je vous attends à la maison Régali, demandez sur place tout le monde connais.
- Bon... mais alors comptez bien une heure avant que j'arrive. Il y aura encore quelqu'un de réveiller pour m'indiquer votre maison ?
- Bien sûr. Arrivée sur la place du village vous verrez la bâtisse du père Gustave, il ne dort presque jamais victime d'un syndrome de stress post-traumatique, datant de la seconde guerre mondiale, qui fait qu'il s'attend à chaque instant à voir arriver les Allemands. Je vous attends.

Germaine alluma quelques bougies et sortit la cafetière Italienne que sa mère Joséphine Régali utilisait quotidiennement. Après le départ des époux Calbut, elle avait fait rentrer de l'électroménager et opté pour une cuisinière à gaz, ce qui s'avère pratique en cas de panne de courant.

La cadette commençait à trouver le temps long quand enfin la sonnette de la porte d'entrée retentit. Elle ouvrit et une femme d'une cinquantaine d'années, les cheveux blonds coupés court, la mâchoire carrée d'une surrénalienne et la silhouette d'une lanceuse de disque se tenait avec une sacoche en cuir sur le palier. Elle entra et en sortit une lampe torche. La bonne odeur du café lui fit demander : « - Pourrais-je en avoir une tasse ? » La cadette tordit la bouche et grommela quelque chose d'inaudible avant de s'exécuter. La femme demanda où se trouvaient les plombs pour vérifier l'installation et Germaine, en lui tendant la tasse lui indiqua la petite armoire métallique fixée sur la cloison du vestibule :

- Dites donc, une femme dans ce métier ce n'est pas courant…

- C'est vrai. J'ai toujours été attirée par les métiers d'hommes, sans doute à cause de mon prénom, Jordis, qui veut dire « Sword maiden » épée de jeune fille en langue Autrichienne.

- Bon... alors vous trouvez ?!

- Holà il faut le temps. D'abord je vérifie les plombs. Il y en a un qui a péter mais les autres ont l'air bons. Mais dites moi, votre installation n'est pas aux normes du tout. Pas étonnent que ça lâche de temps à autre, et ça pourrait même foutre le feu à la baraque.

- Cette bâtisse est là depuis 500 ans, alors c'est pas quelques pannes par ci par là qui vont en venir à bout !

- Oh moi ce que j'en dis… attention le moment de vérité… je commute le disjoncteur et voilà.

    La lumière revint sauf dans la descente d'escalier, le plafonnier restant éteint. L'électricienne s'approcha pour vérifier et demanda un escabeau pour accéder à la coupole de verre. Tout de suite la cadette l'arrêta dans son élan :

- Cette descente d'escalier présente quelques risques, aussi vaudrait-il mieux que je vous assure en tenant l'escabeau.

- Si vous voulez, mais vous savez, j'ai l'habitude de me trouver dans des situation en équilibre précaire… mais puisque vous y tenez, allons-y.

    Germaine disposa l'escabeau en le plaçant sur la troisième marche d'escalier, se positionnant en dessous pour le maintenir pendant que la femme artisan grimpait, un tournevis à la main. Elle dévissa la partie en verre et constata qu'un fil était débranché. Germaine lui dit qu'elle allait couper le courant au disjoncteur, mais l'électricienne lui répondit d'un ton assuré :

- Restez là… moi je travaille <u>sous tension</u> !

- Et vous ne craignez pas de prendre une décharge ?
- 20 ans que je fais ce métier et je n'ai jamais...

Au moment où elle dit cela, Germaine relâcha son effort et l'escabeau bougea un peu, suffisamment pour déséquilibrer la femme qui en touchant les fils dénudés prit un coup de jus de 220 volts. Les cheveux droits sur la tête, elle poussa un cri strident, tandis que la cadette touchait sa jambe prenant également un coup de jus. Elle lâcha l'escabeau, et toutes deux dévalèrent les marches pour aller se vautrer au pied de l'escalier infernal. Jordis Joncteur, des marques de brûlure dans la paume de la main droite et une vilaine entorse la faisant horriblement souffrir, demanda ahurie, ce qu'il s'était passé à la cadette qui vociféra :

- *C'est cet ahuri de maçon, qui à l'époque a construit cet escalier comme un sapajou ! Ce n'est pas la première fois que quelqu'un se casse la figure, mais fort heureusement, c'est bien la première fois que quelqu'un se fait mal et...*

- **Ah ben merci pour moi !**

- Ne vous inquiétez pas, je vais vous sortir de là.

- **Et comment ? Avec un treuil ?!**

- Le cas ne s'est jamais présenté mais il y a une solution pour tout. Ne bougez pas je reviens !

- **Ah ben je risque pas !**

Germaine remonta les marches jusqu'au salon pour sortir et se diriger vers la cave située sous la maison. Là, elle trouva une corde qu'elle estima assez longue. De retour à l'intérieur elle prit la lampe torche posée sur la table du salon et descendit les escaliers pour retrouver celle qui gémissait de douleur comme une bête malade. La cadette entoura alors la taille de la femme et lui donna les consignes :

- Voilà comment nous allons procéder. Vous allez ramper jusqu'à la première marche et ensuite vous placer de dos. Je vais passer devant et vous tirer avec la corde. Vous n'aurez qu'à m'aider en vous repoussant avec les bras au moment où je tire.

- **Mais vous êtes folle ma parole ! C'est tout ce que vous avez trouvé pour me sortir de là, alors que je suis à la limite de l'évanouissement ?!**

- *Écoutez moi bien... il n'y a personne pour m'aider à hisser votre carcasse, alors fermez là et faites comme je vous dis !!*

Devant le brusque changement de ton de la cadette, la femme meurtrie, ne dit plus un mot et péniblement se rapprocha de la marche d'escalier. Après avoir craché dans ses mains, Germaine empoigna la corde et commença à la hisser. Tout fonctionnait bien et s'aidant l'une l'autre, il ne leur restait plus que quelques mètres à gravir pour enfin sortir à l'étage. C'est alors que la corde, usée par le frottement contre l'angle des marches en ciment, et déjà bien effilochée, cassa dans un claquement sec. La malchanceuse électricienne, entraînée par son poids redescendit les marches sur les fesses, une à une, jusqu'en bas.

- *Oh mazette ! Vous ne vous êtes pas fait mal au moins ?*

N'obtenant aucune réponse, Germaine descendit pour constater qu'elle s'était évanouie. Elle remonta jusqu'à la cuisine pour remplir un broc d'eau froide, puis une fois revenue à ses côté, lui aspergea le visage. La malheureuse revint à elle et l'air hagard déclara :

- Il faut que je change de literie ! Ce matelas est trop dur... j'ai mal à mon cul.

- Ce n'est rien, juste une petite déconvenue sans gravité. Vous n'êtes pas chez-vous là... vous êtes venue pour remettre le courant dans la maison Régali !

- **Vous avez un gros problème de conformité dans cette baraque et il y en a au moins pour 7000 euros de travaux ! Et maintenant sortez moi de ce trou à rat !**

- *Holà je vous conseille de baisser d'un ton là ! Si vous voulez que je trouve le moyen de vous réexpédier chez-vous laisser moi gamberger !*

La cadette eut beau réfléchir a différentes solutions, aucune ne permettait d'entrevoir une sortie. Elle du donc se résigner à faire appel à du renfort. Elle remonta au salon et téléphona.

- *Quoi c'est toi ?! Mais qu'est-ce que tu viens m'emmerder à un heure pareille ?*

- Écoutes Jean, j'ai besoin d'un ou deux gars bien costauds pour sortir quelqu'un qui s'est vautré dans les escaliers du studio.

- *Mais où veux tu que je trouve ça ? Et à 1 heure du matin en plus !*

- Tu dois bien avoir en tête le numéro de quelqu'un qui a fait des travaux pour la mairie... un costaud...

- *Bon sang mais non ! Tu m'emmerdes avec tes histoires !*

- Allez Jean, mets y du tiens !

- *Il y a bien cette entreprise... les frères Parpaing...*

- Quoi... les deux gogols ?! Tu n'as pas mieux à me proposer ?

- *Ben non, dans le genre brutes de foire, je n'ai pas mieux sous la main. Alors, je les appelle ou pas ?*

- Bon vas-y, et dis leur qu'il y aura une prime pour leur service.

- *D'accord... je te rappelle, pour te dire s'ils veulent bien se déplacer.*

Germaine redescendit pour tenir informée l'électricienne du fait que bientôt elle pourrait rentrer chez elle, à condition de pouvoir conduire, vu que c'est sa cheville droite qui la faisait souffrir. Celle-ci avait d'ailleurs pris une couleur bleuâtre sur le côté et rougeâtre sur le dessus, et le gonflement interdisait désormais d'enfiler à nouveau une chaussure, fusse t-elle de taille 54. Dépitée l'infortunée foudroya du regard Germaine qui entendant la sonnerie du téléphone, remonta prestement les marches.

- Oui Jean, j'écoute...

- *C'est bon, les deux gorilles arrivent. Par chance l'un deux a décroché après avoir entendu sonner son portable à l'extérieur d'une boîte de nuit où il fumait une cigarette. Le temps d'entrer dans la discothèque chercher son frère m'a t-il dit, et ils montent à Tréfort. J'espère pour toi que tu vas arriver à gérer ces deux imbéciles.*

A demi soulagée, Germaine se rappela de la sortie qu'elle avait faite aux frères Parpaing, suite à la démolition des escaliers et de la terrasse de Rita, intervention tonitruante à la limite de tourner au pugilat, et elle espéra qu'avec le temps, ces idiots sans cervelle auraient oublié l'incident.

Les deux colosses entrèrent et la suivirent jusqu'à la descente d'escalier. Elle passa la première, après avoir énoncé les recommandations d'usage avant le descente, et tous se retrouvèrent en bas sans encombre. La cheville de la malheureuse femme avait encore enflé et l'un des deux frères constata que le simple fait de souffler sur celle-ci, lui déclenchait une douleur insupportable. Le deuxième frère Parpaing fouilla alors dans sa poche et en sortit un os en plastique destiné à son dogue allemand, puis il le plaça entre les dents de l'électricienne.

- La grande douleur, peut faire que l'on se morde la langue atrocement, inutile d'en rajouter. Bon... vous y êtes madame ? Je vais vous soulever et vous remonter à l'étage.

Enlevant l'os de sa bouche elle s'écria, pas rassurée du tout :

- **Comment ça me soulever ?!**

- Ben ouais, je vous prends en poids, je suis assez costaud pour ça, n'ayez crainte. Et puis il y a le frangin qui est là pour prêter main forte au cas ou. Remettez votre os dans la bouche.

N'ayant pas le choix si elle voulait enfin sortir de cette maison, elle s'exécuta. Elle mordit donc dans l'objet et un bruit de jouet pour bébé sur lequel on appuie se fit entendre, au même moment où Archibald Parpaing attrapait la femme comme un sac de patates, pour commencer à monter l'escalier, sous le regard de Germaine, contente que les choses prennent enfin bonne tournure. Ils étaient arrivés à mi-hauteur, quand Asdrubald Parpaing héla son frère pour lui demander quelque chose. Voulant répondre à celui-ci, Archibald se retourna en pivotant sur lui-même, et la cheville de Jordis Joncteur vint heurter violemment le mur où était fixée la rampe. Elle planta ses dents dans l'os en plastique avant de s'évanouir à nouveau.

- Je vous l'avez bien dit... sans ça, elle aurait pu se mordre la langue cruellement. Et toi abruti, qu'est-ce que tu voulais me dire ?

- Je voulais juste savoir si demain à midi, c'est cassoulet ou lasagnes...

- On va manger le cassoulet de Castelnaudary, recette tradition, je l'ai pris à l'épicerie du...

- *Eh oh là ! C'est pas le moment d'échanger vos recettes culinaires ! Sortez moi cette nigaude de là et mettez là dans sa voiture qu'elle rentre chez elle !*

- Dites moi vous... votre timbre de voix ne m'est pas étranger. Vous êtes du coin ?

- Euh... non pas du tout, je viens d'arriver, de Corse, où j'ai vécu quelques années.

- Ah ? J'aurais pourtant juré reconnaître vos intonations puissantes. Bah je dois confondre. Allez hop, on y va.

Une fois installée dans sa voiture, Jordis Joncteur revint à elle. Se trouvant dans l'impossibilité d'accélérer, et encore moins de freiner, la douleur lancinante étant trop vive, ce fut Archibald Parpaing, qui se dévoua pour la ramener chez-elle suivi de son frère jumeau. Germaine regarda partir ce curieux équipage, puis elle ramassa l'os en plastique resté au sol. L'empreinte laissée par la pression des dents qui avaient traversé l'objet de part en part, ne laissait aucun doute sur le calvaire qu'avait enduré la malchanceuse.

- Tout ça pour que finalement le plafonnier de la descente d'escalier ne fonctionne toujours pas ! Il n'y a plus de vrais artisans dans ce pays. Il faudrait tout faire soi-même. Et en plus elle va m'envoyer la facture pour son déplacement et sa médiocre intervention <u>sous tension</u>. *Je t'en foutrais de la tension moi !*

Nuit câline nuit de Chine (à Toulon)

Le lendemain matin, elle fit venir un taxi qui l'emmena jusqu'à Toulon. Sur place elle appela Ange Casanova pour qu'il vienne régler la somme de 160 euros pour la course. Elle eut le temps, depuis la vitre arrière du taxi, de contempler les navires de guerre qui mouillaient dans le port militaire. Le fleuron de la puissance maritime Française, qui ne laissa pas la cadette indifférente, se disant qu'avec son caractère bien trempé, elle eut fait une extraordinaire carrière sous le drapeau tricolore. Ce rêvant un instant Marinette sillonnant les mers et les océans, au grade le plus élevé, ayant à commander, du matelot jusqu'aux officiers supérieurs, et faisant régner une loi d'airain pour l'honneur de la nation.

L'arrivée de la berline de l'avocat la tira de ses divagations aquatiques et quelques temps après, dans le bureau d'Ange Casanova, Germaine prit possession de son numéro de compte à l'étranger. L'homme de loi lui dit qu'elle pouvait désormais faire tous les virements qu'elle voulait en France dans la banque de son choix. Ce qu'elle fit immédiatement, sur un compte ouvert quelques jours auparavant. L'avocat pris soin de l'avertir que le transfert d'une grosse somme d'argent, pouvait attirer l'attention des polyvalents. Mais n'écoutant qu'elle même, et n'ayant toujours pas de voiture, elle voulut faire le tour des concessions de luxe et finalement, son choix se porta sur la BMW Série 8 coupé de 340 ch à 110 000 euros. Ange Casanova se dit qu'à ce train là, le capital de la cadette allait fondre comme neige au soleil et que les intérêts n'auraient pas le temps de faire des petits. Qu'à cela ne tienne, c'est au volant de sa superbe acquisition, que Germaine sortit de la concession BMW accompagnée des sourires et des courbettes du vendeur qui pensait à sa belle commission.

Le soir venu, c'est au restaurant *Au Sourd* 10 Rue Molière, que Germaine Pétulance et Ange Casanova, savouraient un délicieux repas arrosé d'un Margaux rouge de 10 ans d'âge. La cadette savait très bien à quoi s'en tenir tandis que l'avocat hésitait encore à dévoiler la nature de ses envies. La bouche en cul de poule, le rouge à lèvre débordant à la commissure des lèvres, elle se pencha sur la table et les yeux fermés elle attendit. Comme il ne se passa rien, elle ouvrit un œil pour constater avec stupeur que l'avocat avait disparu. Déconcertée par la situation, elle regarda autour d'elle et il lui sembla alors que les gens attablés alentour, se moquaient d'elle. Elle commença alors à relever un sourcil, puis à tordre la bouche, signes avant coureur d'une éruption verbale en devenir, quand, à deux doigts de l'explosion, elle vit revenir celui qui déclara enjoué :

- Ce restaurant est vraiment classe. Même les toilettes sont grand luxe avec du marbre au sol. Où en étions nous ma chère ?

- Nulle part *! Nous n'en étions justement à rien !*

- Calmez-vous ma chère, je ne vois pas ce qui...

- *Ah vous ne voyez pas... vous ne voyez rien ?*

- Mais je vous assure que...

- *Ah ça suffit ! Si je ne vous plaît pas dites le tout de suite, que l'on passe au dessert et que je foute camp ! Alors l'avocaillon... après on monte et tu me sautes, ou je fais ceinture ?!*

- Allons ma chère, n'ajoutez pas le discourtois au salace...

- Oui c'est ça... ça lasse d'avoir un andouille en face de soi pas foutu de faire l'homme viril. *Alors que j'y ai droit !* Parfaitement, je suis une femme exceptionnelle ! Sur-ce, je me retire. Vous réglerez l'addition, car à défaut de me satisfaire, j'aurais au moins la satisfaction de vous offrir une chance d'être galant avec les dames !

- Mais je vous assure chère Germaine que je vous trouve très...

- *Ah stop ! Pas de mesquinerie ! Nous ne sommes pas aux jeux olympiques et vous n'avez pas droit à trois essais !*

En sortant du restaurant elle trouva sur le pare-brise de sa BMW une contravention pour stationnement interdit. Comme le policier venait juste de poser le PV derrière l'essuie glace Germaine l'interpella :

- Monsieur l'agent soyez chic, je viens juste de me garer et je repars tout de suite.

- A d'autres ! Ce coup là on me le fait cent fois par jour. J'ai repéré ce superbe coupé il y a environ deux heures. Pas moyen d'y couper...ah ah jeux de mot.

- Pas grave, mon mari qui a le bras long la fera sauter comme un crêpe à la chandeleur votre contredanse ! *Et puis regardez moi ce torchon de contravention... c'est illisible, une écriture de cochon !*

- Dis donc, tu ne vas pas m'emmerder avec tes grands airs ! Qu'est-ce qu'il y a qui te plaît pas ?

- *Le poulet tutoyant ?!* Ça ne me plaît pas, mais alors pas du tout ! Votre numéro illico presto, ou je demande à mon mari qui est avocat et qui va sortir du restaurant de s'en mêler !

- Comment ça mon numéro ?

- Vous êtes sourd en plus d'être lourd ? Votre nom et votre numéro... *vite !*

- Agent Afanassi Flé... numéro 32011540 !

- Parfait, repos. Pas très Français votre nom dites donc. Maintenant allez donc arrêter les vrais délinquants au lieu d'emmerder les braves gens. *Aller, circulez !*

Ange Casanova, qui à présent sortait à son tour du haut lieu gastronomique, fut surpris de voir que la cadette était toujours là. Il s'approcha et vit la mine dépitée de l'agent qui venait de subir les foudres de celle qui en battant des cils, tendit la contravention à l'homme de loi :

- Tiens chéri... de la lecture pour les toilettes. Quant à vous, j'ai votre nom et votre numéro. *Alors attendez-vous à avoir de mes nouvelles !*

Le policier fila dans la douceur de la nuit Toulonnaise sans demander son reste.

- Ainsi donc à présent, je suis ton mari. Tu es un drôle de phénomène quand même. Je suis sûr qu'à nous deux, nous pourrions faire de grande choses.

- Et qu'est-ce qu'un mari digne de ce nom fait à sa femme après un bon resto ?

C'est dans des draps froissés en soie mauve, que Germaine Pétulance émergea la première. La bouche pâteuse, la perruque de travers elle s'était mise à chercher un de ses faux cils, perdu pendant les ébats nocturnes en se disant, que celui qui dormait encore s'avérait être, en plus de quelqu'un de remarquable dans son métier, un étalon de première bourre. Pour celle qui était une formidable demandeuse d'orgasmes rugissants, le bonhomme se montra à la hauteur des exigences de la panthère. Sur le lit dévasté, elle trouva enfin ce qu'elle cherchait et alla jusqu'à la salle de bain du luxueux appartement.

La cadette sortait d'une période d'ascétisme de dix longs mois, période d'abstinence forcée qui peut-être, pour certaines personnes eut été propice à la méditation voire à la découverte d'une vraie vocation pour les ordres, mais pour la cadette, c'était retenir les brides des chevaux du plaisir.

Et cette nuit là, seule l'isolation parfaite de l'appartement d'Ange Casanova, empêcha les voisins d'entendre les râles tonitruants de Germaine en rut. Ainsi, lorsque son partenaire rendit les armes, son mat à drapeau en berne, pour sombrer rapidement dans le sommeil, elle ressentit une légère frustration.

A son réveil, faisant fi de cette désagréable sensation, elle se mira un moment dans le grand miroir, éclairée par quatre lampes incrustées dans du nacre, puis elle se fit couler un bain. Plusieurs gels douche étaient posés sur le large rebord de la baignoire. Des parfums comme Hermès, Amara ou encore Chanel rivalisaient avec Orchidée de Guerlain ou Jean Patou women's pour ne citer que ces marques de prestige. Germaine ferma le mitigeur, et entra dans l'eau pour s'allonger.

Elle fit ses ablutions avec du gel douche Aqua Di Parma. Puis elle se leva, se sécha et se versa une bonne dose de parfum Orchidée de Guerlain, à plus de 1000 euros le flacon sur le corps. Ensuite, montant encore dans la gamme, elle ouvrit la fiole de Chanel Paris de 1957 et se parfuma la foufoune avec la délicate fragrance hors de prix. Elle pensa subitement que tout cet assortiment de produits de luxe, destiné sans équivoque à la gent féminine, signifiait que Ange Casanova devait, soit mettre un point d'honneur à honorer la mémoire de son illustre homonyme italien, soit qu'il était de la jaquette et qu'il mettait du temps à faire enfin son come-back. Mais vu l'enthousiasme dont celui-ci fit preuve pour satisfaire ses ardeurs, elle chassa cette pensée et en conclu que l'avocat était un sacré cavaleur.

Elle avait laissé un mot sur la table de chevet, posé juste à côté des sa montre Rolex et ses boutons de manchette cartier, sur lequel était écrit à la hâte, qu'elle le remerciait pour les instants <u>intéressants</u> qu'elle avait passé en sa compagnie. Elle lui rappela également en « *post scriptum* » de ne pas oublier de faire sauter sa contravention. Puis elle quitta l'appartement.

Germaine et les ferrailleurs

Elle fit une arrivée remarquée sur la place du village et gara son coupé BMW flambant neuf, juste devant la maison du père Gustave. Celui-ci, affairé à plumer une volaille, vit d'un mauvais œil cette provocation de la cadette :

- Dis donc, tu as gagné au loto pour rouler carrosse comme ça ? Si tu voulais acheter une voiture, il fallait me le dire... je t'aurais vendu ma vieille camionnette Citroën ! Ou alors, tu aurais pu m'acheter ma vieille jument à moitié aveugle, car avec tes jambes arquées tu aurais trouvé ta place sur sa croupe sans problème.

- Voyez-vous père Gustave, il est des moments dans la vie où l'on se doit de faire ressortir sa classe naturelle. Vous c'est le garbure et le gros rouge qui tâche, moi c'est recettes gastronomiques et *Château Lafite Rothschild Pauillac Rouge* ! Mais je ne suis pas venu pour échanger sur nos habitudes culinaires respectives.

- Ah tant mieux, parce que t'aurais vite fait de prendre mon pied au cul avec les compliments de la maison ! Té va entre donc... tu vas m'aider à finir de plumer Gertrude ma dernière poule. Je vais aller tantôt chez le Raoul en chercher de nouvelles, de bonnes pondeuses à ce qu'il m'a dit. Allez assieds toi, je prépare le four pour la cuisson. Pommes de terre, haricots verts du jardin, oignons et ail avec la farce... et pour faire descendre tout ça, une bouteille de vin rouge, un Pommard de 1985 trouvé dans la sacristie quand je suis allé piquer des cierges, lorsque le village a été privé d'électricité à cause de ce dingo de pilote d'avion qui a heurté les lignes et failli se cracher sur le village.

- Oui, je me souviens de cet incident et de la panne de courant qui a suivi.

- Allez donne moi Gertrude que je la farcisse et que je l'enfourne. Après on va prendre l'apéritif et tu vas me dire pourquoi tu es venu minauder devant ma porte.

- Eh bien voilà. Je voulais savoir si vous ne connaissiez pas dans le coin un ferrailleur qui voudrait céder son affaire.

- Un ferrailleur ? Non je ne vois pas. Mais je vais me renseigner, le vieux Raoul connaît tout le monde dans un rayon de cinquante kilomètres.

Une fois le repas fini, Germaine ressentit un étrange sentiment de bien être en compagnie de celui qu'elle avait toujours vu comme un être frustre et arriéré, et qui au contraire, se révélait être quelqu'un de cultivé, maniant l'humour noir avec virtuosité et ayant un avis très pertinent sur les choses de la vie. Il en fut de même pour le père Gustave, qui entrevit une nouvelle facette de la personnalité de la petite peste du village qu'il avait vu grandir, et qui à maintes reprises, faisait des coups tordus à sa sœur aînée qui, à chaque fois que les parents étaient absents, venait se réfugier chez lui pour pleurer à chaudes larmes. Il connaissait donc très bien le caractère de celle qu'il appelait toujours Cunégonde et il trouva que dans sa phase d'accalmie, elle pouvait se montrer agréable.

Celle qui aurait pu être une disciple de Machiavel, avait une fois de plus démontré son aptitude à présenter un double visage. Sans aucun doute une continuation familiale puisque le frère, le regretté Jeannot, était passé maître dans l'art de créer la clarté dans la confusion. Le père Gustave, qui avait donné un coup de fil à son ami Raoul, était en mesure de dire à la cadette qu'il y avait un ferrailleur à vingt kilomètres sur la route de Cézanne. Forte de ce renseignement, elle prit congé, remerciant celui qui resta un instant sur le perron pour la regarder démarrer et se diriger vers la sortie du village. Elle passa rapidement sous la tour porche moyenâgeuse, dépassa le panneau Tréfort et emprunta les lacets jusqu'à la longue ligne droite conduisant à la nationale.

Dix minutes plus tard, elle roulait au ralenti au milieu d'une décharge de métal à ciel ouvert. Tout ceci fait très désordre se dit-elle en stoppant son véhicule. Un gaillard, affublé d'un bleu de travail qui devait tenir debout seul une fois enlevé et qui n'avait plus de la couleur bleue que le nom, passa devant elle et marqua une temps d'arrêt pour admirer la BMW. Leurs regards se croisèrent et la cadette leva un sourcil. L'individu fit de même puis il disparut rapidement entre les carcasses de voitures. C'est dans un vieux baraquement semblant être les bureaux de l'entreprise que Germaine trouva l'exploitant des lieux. Elle apprit ainsi, avec grand plaisir que le sieur Elvis Cruciforme songeait depuis un moment déjà à prendre sa retraite. Une aubaine pour celle qui n'eut aucun mal à pousser le sexagénaire vers la sortie, en lui faisant une offre qu'il ne pouvait guère refuser.

- Vous dites 150 000... pour tout le stock...

- Le stock, je m'en fiche royalement. C'est le terrain les outils et les employés que je veux. Et d'ailleurs ce sera la condition sine qua non de la transaction... à savoir de me débarrasser de tout ce foutoir. Je veux faire place nette.

- Donc ce n'est pas ce métier qui vous intéresse ?

- Euh si... mais d'une façon disons... plus moderne.

- Je ne vois pas trop comment... mais bon, si vous êtes décidée moi ça me va.

- Parfait. Mais dites moi, vous avez combien d'employés ? Je n'en ai vu qu'un seul et il m'a l'air, disons, un peu spécial.

- C'est Firmin Dustriel... il est un tantinet sauvage et il a ses têtes, mais ne vous en faites pas, il est travailleur et très discret. Peut-être est-ce une qualité que vous recherchez... la discrétion ?

- ...

- ...

- Il y a d'autres employés ?

- Trois. Un est en congé, l'autre est en maladie et le dernier est à l'enterrement de sa mère dans le nord.

- Donc une équipe de quatre. Vous pouvez commencer à vous occuper des formalités de votre côté et je vais faire de même du mien. Je vous laisse mon numéro de portable. Avec le montant convenu, vous aurez largement le temps de faire valoir vos droits à la retraite.

Germaine pensa en retournant à sa voiture, qu'il lui faudrait augmenter significativement les effectifs du personnel si elle voulait donner corps à son projet. Elle pensa d'abord à s'adresser à l'ANPE mais elle se ravisa, se disant que pour le profil qu'elle recherchait, ce n'était pas l'endroit idéal pour recruter. C'est en arrivant dans les premiers virages de la montée vers Tréfort qu'elle eut la révélation.

Aussitôt poussée la porte de la maison Régali, elle appela Ange Casanova pour obtenir les coordonnées de Manolo le propriétaire du cirque *Borgia*. Six mois plus tard, les vols de métaux explosaient en France. L'année 2012 fut émaillée de multiples larcins dans la région, mais aussi de quelques vols spectaculaires dans d'autres.

En Seine-Maritime, deux chargements d'une cinquantaine de tonnes de nickel subtilisés. Le butin, volé à la sortie d'une usine de raffinage, vaudrait plus d'un million d'euros

A Douai, trois faux policiers détournent un camion chargé d'environ 21 tonnes de cuivre. Montant du préjudice : 138 000 euros.

À Reims, quarante tonnes de cuivre dérobées dans une entreprise de recyclage. Une opération menée en une demi-heure par une quinzaine d'hommes pour un butin de près de 200 000 euros.

Dans l'Aisne, une partie d'un monument en bronze découpée à la scie à métaux.

En Normandie, une trentaine de vols de cuivre recensés notamment au préjudice de la SNCF.

En Vendée, deux hélices d'1,60 m de diamètre, pesant plusieurs centaines de kg, volées sur un embarcadère.

À Eu (Seine-Maritime), Trente tonnes de bronze d'une valeur de 150 000 euros dérobées dans une usine.

À Haubourdin (Nord), la toiture en zinc d'une église dérobée.

Tous ces larcins étaient agrémentés par des interceptions musclées de camions chargés de cuivre, par des démontage de lignes électriques, de câbles téléphoniques ou matériaux de la SNCF, des disparitions de toitures en zinc, de plaques d'égouts en fonte. L'Office central de lutte contre la délinquance itinérante devait d'ailleurs déclarer : « Il n'y a pas de limite, tout se vole, même un chargement de 300 kg de pinces à épiler ».

L'équipe de choc des gitans envoyés par Manolo n'avait pas chômé et s'était même agrandie. Le terrain acheté par Germaine était aussi troué qu'un gruyère. En effet, le butin était systématiquement enterré pour ne pas éveiller les soupçons, tandis qu'en surface, les pièces de métal vulgaires s'empilaient dans un ordre bien établi pour laisser passer le tractopelle dans les allées.

Le cuivre restant le métal le plus volé, notamment dans les usines et dans les entrepôts, certaines entreprises tentant de se protéger, lancèrent un appel d'offres à des sociétés de gardiennage ou mirent en place des dispositifs d'alarme adaptés. Il faut dire qu'en France, les grands chantiers sont des cibles privilégiées. Des vols de câbles en cuivre, de rails en acier et de coffrages en alu ont ainsi eu lieu régulièrement sur le chantier tramway de Marseille. Celui du TGV Est a été placé sous la garde de la gendarmerie. Mais rien de tout ça ne posait de difficultés à l'équipe de Germaine désormais constituée de 60 solides gaillards qui sillonnaient le pays à la recherche de leur nouvel objectif : le vol de cuivre !

Pas une nuit ne se passa sans qu'autour de Toulouse, dans la région ou quelque part en France, des stocks de cuivre ou d'autres métaux disparaissent. Dans l'Essonne, 80 tonnes d'inox (valeur 440000 € !) ont ainsi été volées dans le week-end. Les desperados de Germaine dépouillèrent également la SNCF. Cette fois, la « bande » mena son « attaque » dans un petit coin tranquille, entre Colomiers et Pibrac, à hauteur du passage à niveau 25. Plusieurs individus profitèrent de la nuit pour s'emparer de plusieurs longueurs de câbles. Ils dégagèrent les rigoles en béton qui protégeaient l'installation et emportèrent 170 mètres d'un côté et 100 mètres de l'autre. « - Un vol rapide, réalisé de main de maître » estima un responsable de la maintenance interrogé.

En 2003, une tonne de cuivre se négociait aux alentours de 2000 €. Le cours actuel approche les 8 000 €. Zinc, nickel, plomb, aluminium, inox les cotes s'envolent à la Bourse de Londres, plaque tournante du commerce des métaux. Cela n'a pas échappé aux courtiers qui proposent du métal plutôt que de la pierre ou des nouvelles technologies à leurs gros et petits porteurs d'actions, encore moins aux réseaux mafieux puissamment organisés. En trois ans, des mafias de pays de l'est, d'Espagne et de Turquie ont structuré de vraies filières sur un principe simple : voler la matière première dans les pays déjà équipés pour l'écouler dans les pays consommateurs où flambent les cours. Précieux métaux ! Un marché très lucratif que Germaine Pétulance avait pressenti et qu'elle exploitait sans scrupule. La cadette était désormais à la tête d'un véritable empire, sur lequel elle faisait régner sa loi impitoyable.

Des nouvelles d'Irène

Irène avait décidé de mettre un temps sa carrière en *stand by,* fatiguée par les nombreux décalages horaires, et son estomac ne pouvant plus supporter l'alimentation trop particulière de certains pays. Elle avait appris comme tout le monde, le démantèlement du réseau des mafieux Corses et leur arrestation par les médias. Elle ne pu s'empêcher de faire le rapprochement entre sa sœur, les types qu'elle avait vu dans la voiture immatriculée à Ajaccio et l'argent facile avec lequel elle avait pu racheter la maison Régali aux Anglais.

Elle n'avait plus de nouvelles de sa cadette depuis un bon moment, et avait apprécié la sérénité due à cet éloignement salutaire pour sa santé mentale.

Lorsqu'elle arriva à Tréfort, elle s'arrêta pour saluer le père Gustave qui venait de garer son tracteur dans la grange. Il quitta son siège en fer en forme de selle de cheval et sauta du marche pied. Irène constata alors qu'il était encore bien vert pour un homme de son âge.

- Tiens Irène... ça fait longtemps dis donc...

- Oui c'est vrai. Après avoir couru le monde je...

- Tu t'es dis que rien ne vaut l'endroit où l'on a grandi, même si des souvenirs pas toujours drôles nous occupent l'esprit.

- C'est un peu ça en effet. Je suis à le recherche d'une maison pas trop loin du village... vous ne voyez pas quelqu'un qui voudrait vendre par ici ?

- Ben tin pardi... tu tombes bien toi !

- Pourquoi donc ?

- Eh ben parce que je vends mon bien.

- Mais comment ça Gustave ? Vous n'allez quand même pas me dire que c'est pour aller chez les petits vieux à Provence St Hilaire ?

- Oh non pas du tout. Je veux aller habiter avec mon frère dans son corps de ferme. Il ne peux plus guère s'occuper des bêtes ni d'ailleurs de lui-même, alors il m'a demandé de venir vivre chez lui et avec la Lucie.

- Je vois... je comprends mieux. Et la Lucie, il peut encore s'en occuper ou pas ? Comme je sais qu'elle a été un amour de jeunesse...

- Ben justement... c'est un peu aussi ce qui a arrêté ma décision.

- Et combien en voulez-vous de votre maison ?

- Avec la remise, la grange et le jardin potager... je dirais comme ça à vue de nez et parce que c'est toi... 160 000 …

- D'accord père Gustave, inutile de marchander.

- Ah ben si j'avais su je t'en aurais demandé plus ! Trêve de plaisanterie tu vas te sentir bien ici, un peu comme chez toi vu le nombre de fois où tu es venue te réfugier après les misères de ta sœur.

- C'est bien vrai. Je vais contacter le notaire Maître Yves Remord, afin qu'il prépare les documents. Je m'occupe de toute la paperasse.

Irène allait prendre congé quand Gustave la retint pour lui dire que la cadette avait une nouvelle activité et qu'elle était dans la ferraille.

- Dans la ferraille ?

- Oui, et connaissant ta frangine, ça m'étonnerait pas qu'elle magouille à tout berzingue. Tu devrais aller faire un tour, c'est sur la route de Cézanne. Il y a un panneau au bord de la route tu ne peux pas te tromper. Vas-y donc voir ce qu'elle trame et donne lui donc le bonjour du père Gustave, ça lui rappellera des souvenirs quand je la chassais à coup de pied au cul de mon jardin potager.

- Ah non ! Il n'est pas question pour moi de revoir cette harpie et encore moins de me mêler de ses affaires ! Si elle trempe dans des trafics louches c'est son problème. Je plains simplement celles et ceux qui travaillent pour elle et surtout, tous ceux qui auront le malheur de croiser sa route. Allez au revoir Gustave, à bientôt pour les signatures chez le notaire.

Sur la route en direction de l'hôtel où elle était descendue, elle vit le panneau indiquant la route de Cézanne et l'embranchement pour y accéder qu'elle laissa sur sa gauche en poursuivant son chemin. Environ deux kilomètres plus loin elle s'arrêta sur un terre plein. Le moteur tournait au ralentis tandis qu'Irène gambergeait. La curiosité étant la plus forte, elle passa la première et fit demi-tour pour revenir à l'embranchement. Après quelques minutes, elle aperçut un grand panneau indicatif :

De plus en plus curieuse, elle continua, jusqu'à arriver à l'entrée d'un immense terrain. Contrairement à la photo figurant sur le panneau, les carcasses de voitures étaient parfaitement empilées et rangées dans les allées, et la ferraille trouvait place dans des bacs dédiés. Elle aperçut au loin deux pelles mécaniques qui creusaient ensemble, véritable ballet de bras articulés par les vérins hydrauliques, faisant se dire à Irène que ces deux conducteurs d'engins connaissaient leur métier. Elle remarqua aussi que les locaux étaient neufs et que beaucoup de monde semblait s'agiter dans un état de grande fébrilité. Soudainement, elle vit apparaître, sortant d'un local, la cadette visiblement remontée contre un employé :

- *Ti hanno rubato la merce ?! On te l'a volée où ?*

- Non so...

- *Non so, non so... c'est un peu facile ça ! Dove hai dormito...* ah merde comment on dit la nuit... ah oui *stanotte !*

- Non ho capito...

- *Abruti, il ne comprend même pas sa langue ! Hé toi là, tu étais avec cet imbécile alors dis moi ce qui s'est passé à Sète !*

- Eh bien euhhh... il y a eu embrouille en sortant d'un bar et Falco a pris une avoinée avant d'aller cuver dans une ruelle.

- *Et toi triple andouille, tu étais où pendant qu'on vous piquez le chargement ?*

- Pour mon excuse... il se trouve que...

- *Il se trouve que vous êtes virés tous les deux !! Voilà, allez ouste, le gitan et le rital, débarrassez moi le plancher ! Et estimez vous heureux que je ne vous mette pas à l'amande, pour avoir permis que l'on vous dérobe ce que vous aviez volé, c'est à dire pour au moins 80 000 euros de tuyaux en cuivre ! Allez foutez-moi le camp ! Et que je ne vous revois pas traîner dans les parages !!*

Un autre employé qui venait juste de garer son camion s'avança la tête basse vers Germaine.

- *28 heures de retard, je voudrais bien savoir comment tu vas m'expliquer ça !*

- Çà n'a pas marché patronne...

- *Quoi... qu'est-ce qui n'a pas marché ?*

- Le coup des sanitaires.

- Des sani.... *mais bougre de corniaud, je t'avais dit que si tu te faisais arrêter par les flics ou les bleus à proximité d'un chantier surveillé, il fallait leur dire que tu sortais du sanatorium, pas des sanitaires !* **Du sanatorium !** Et que vu ton état de santé, tu demandais à être placé à l'infirmerie. Là, notre complice le docteur Garovirus, t'aurais fait sortir en t'évitant la garde à vue.

- Ah c'était pas les sanitaires alors... je me disais aussi, qu'est-ce que ça vient faire au milieu de la conversation avec les poulets ça.

- *Oh pute borgne disparaît de ma vue ! Encore heureux que ça se soit passé quand le camion était vide, sinon avec un demeuré comme toi, j'aurais eu des emmerdements !*

La cadette regarda l'homme s'éloigner encore tout hébété et sonné par l'invective. Puis elle finit par vociférer dans sa direction :

- *Mais qu'est-ce qui m'a foutu une équipe de bras cassés comme vous ?! Seigneur, tu as fait les hommes avec de l'argile, et les miens... avec de la merde !*

Irène qui de là où elle était, ne comprit pas tout, passa la marche arrière et lentement recula vers l'entrée du terrain. Puis elle reprit la direction de son hôtel se perdant en conjectures.

L'homme au galurin noir

Le trafic mis en place par Germaine marchait si bien qu'il ne manqua pas d'attirer l'attention de gros pontes. Notamment un qui était venu directement de sa contrée perdue au cœur des Carpates, pour rencontrer celle qui, partie de rien, rivalisait maintenant avec les réseaux les mieux organisés d'Europe. Avant toute chose, elle reçut par courrier une photographie qui l'intrigua au plus haut point :

Pas de mot, rien d'autre que ce curieux clicher en forme de devinette. Qui était donc cet homme au chapeau noir dont le visage n'appelait pas la plaisanterie ? Mystère. Mais la cadette avait d'autres chats à fouetter avec l'arrivée des gendarmes venus inspecter les lieux pour s'assurer que toutes les formalités administratives étaient bien respectées. Notamment pour la dépollution des véhicules destinées à la casse auto. Ils arpentèrent le terrain au fil des allées où les épaves étaient parfaitement rangées, et ne trouvèrent que quelques bacs remplis de métaux ne représentant aucune valeur, vu leur nombre réduit. Quelques morceaux de cuivre récupérés, de l'aluminium et de la bonne ferraille. Sans le savoir, les gendarmes passèrent et repassèrent sur des tonnes de métaux précieux, représentant une véritable petite fortune sur le marché, bien enterrés à un mètre de profondeur.

Ayant vérifiés tous les documents et ne trouvant rien qui vaille qu'ils s'attardent plus longtemps, les gendarmes remontèrent dans leur fourgon et reprirent le chemin de la nationale. Dans une pièce de théâtre, les scènes ne se seraient pas mieux enchaînées. A peine le véhicule des bleus avait-il disparu, que deux voitures entraient sur le terrain de Germaine. De la première, descendit celui qu'elle reconnut immédiatement. L'homme au chapeau noir, aussitôt suivi par deux molosses à la carrure de footballers Américains. Il s'approcha de la cadette s'appuyant sur une canne et ils se trouvèrent l'un face à l'autre.

Un silence pesant s'installa, seulement interrompu par moment par le ripage d'une carrosserie, qui finissait de trouver sa place sur les autres épaves. Les regards intenses se pénétrèrent. Sans ciller des yeux, la cadette bien campée sur ses jambes, bomba la poitrine et mis les mains sur ses hanches. Au bout d'un moment, pendant lequel le temps donna l'impression d'être suspendu, l'homme, semblant satisfait par cette confrontation silencieuse, esquissa un sourire avant d'ôter son chapeau pour saluer Germaine. Elle lui montra alors la photo. C'est en Roumain qu'il entama la conversation, un de ses gardes du corps servant d'interprète :

- fotografia este un simbol...

- La photo est un symbole

- Oui ben ça j'avais compris !

- Puteți transforma rugina în aur

- Vous pouvez transformer la rouille en or.

- Aveți bunurile și am rețeaua de distribuție

- Vous avez la marchandise et moi j'ai le réseau de distribution.

- Alors dites lui, que moi aussi j'ai mon propre réseau.

Le gorille traduisit et l'homme au chapeau partit d'un grand éclat de rire avant de continuer :

- Sunteți limitat la Europa în timp ce mă ocup de China !

- Çà aussi j'avais compris. La Chine... et pourquoi pas Mars ou Jupiter ? Dites lui que je préfère voir devant moi, plutôt que d'avancer dans le brouillard.

- spune că nu-i pasă

- Ea nu poate spune nu...

- Quoi ? Qu'est-ce qu'il dit ? Ah parlez Français bon Dieu !

- Il dit que lui faire offre très intéressante pour vous.

- Quoi, qu'elle offre... qu'on en finisse !

- Îi ofer o cotă de piață de 20% cu China

- Il offre 20% de part de marché avec la Chine.

- Organizația noastră se ocupă de transportul de la frontiera belgiană către România.

- Oui bon d'accord, vous vous chargez du transport depuis la Belgique jusqu'en Roumanie. Mais après, qu'est-ce qui se passe avec ma marchandise que mon équipe a mis beaucoup de temps et d'énergie à voler ?

- Il dit qu'il n'a pas fini sa phrase...

- Comment ça ? Mais alors... il comprend le Français ?

- Je le parle, comme dix autres langues.

- Dites... vous vous foutez de moi ? Alors ça, je n'aime, mais alors pas du tout !!

- Calmez vous ma chère, je fais toujours ça avant d'en venir à parler d'argent, c'est une bonne façon de rendre mes auditeurs attentifs.

- Ah et bien voilà, parlons d'argent. Combien <u>me</u> rapporterait cette bifurcation vers la Chine ?

- Vu le court des métaux précieux en ce moment et vu les quantités demandées par ce pays en pleine croissance, je dirais quelque chose comme 20 millions d'euros.

La cadette resta la bouche ouverte un instant, puis elle hocha la tête avant de demander :

- Mais combien de tonnes cela représente t-il ?

- Charge à vous, de fournir des métaux rares et ciblés pour ce marché.

- Mais c'est tout mon stock qui va y passer, et en une fois !

- Je précise que c'est en moyenne 20 millions par an...vous aurez donc le temps de renouveler votre stock sans problème, en faisant preuve, bien sûr d'imagination car vous savez comme moi que les contrôles sont de plus en plus renforcés.

- Mais c'est fou ! 20 millions par an. Mais où je vais mettre tout ce fric ?

- C'est un problème que beaucoup de gens aimeraient avoir. Deci e în regulă, Germaine Pétulance ?

- Il demande si vous êtes d'accord.

- A ce tarif là ? Mais je veux bien aller démonter la tour Eiffel pour la vendre aux Chinetoques ! Au fait je n'ai pas l'honneur...

- *Prince* Bibescu de Valachie. Mais les gens dans le milieu m'appelle le « fossoyeur ». <u>Il vous faudra fournir la marchandise en temps voulu... il n'y aura pas de deuxième service. C'est bien clair pour vous ?</u>

- Parfaitement. Vous verrez, il n'y aura pas d'embrouille, je m'y engage personnellement et je dis toujours la vérité. Même quand je mens je dis la vérité !

- Parfait, alors vous recevrez très vite les indications à suivre. Au revoir et encore bravo pour votre belle réussite. Și mult noroc cu restul !

- C'est ça, au revoir, adio a presto, sayonara... etc...

La cadette les regarda retourner à leur voiture, puis elle observa une nouvelle fois la photo de l'homme au chapeau, avant de la placarder au mur du confortable bureau qu'elle avait fait bâtir, par un maçon du nom de Matéo Tomatic, qui était venu avec une apprentie aux formes généreuses, une certaine Lisbet Onnière, avec qui il passait plus de temps à fricoter qu'à manier sa truelle.

Germaine Pétulance venait d'entrer dans la cour des grands, alors qu'une petite fille du nom de Cunégonde Régali, se laissait peu à peu surpasser par le double qu'elle s'était crée.

Jamais deux sans...

Irène, venait de finir de s'installer dans la bâtisse du père Gustave en cette fin d'après midi de ce beau mois de Septembre, et elle se prit à penser aux gens du village qu'elle connaissait bien. Ce recensement prit très vite la forme d'une peau de chagrin : L'ancien maire du village retrouvé pendu avec sa ceinture dans les oliviers ; son adjoint Jean Piètre, qui après avoir donné sa démission taquinait désormais le gougeons dans les eaux claires de la rivière de l'Arc ; son frère Jeannot dont le départ avait laissé un vide dont elle même n'aurait jamais pu imaginer l'ampleur ; l'instituteur et sa femme partis également, après avoir trouvé un pigeon venu de Marseille qui leur acheta leur bien, pourtant à moitié construit sur le domaine public, après avoir signé une convention d'occupation du sol ; il y avait aussi les boulangers, les époux Seigle, partis à la retraite cédant leur commerce à un jeune couple, dont le mari trop fainéant pour se lever à 4 heures du matin pour commencer sa fournée, en arriva, véritable exploit, à faire faillite dans les six mois qui suivirent ; le bar fermé, le patron ayant fait un infarctus, après les événements sur-médiatisés survenus au village, lorsque les Corses étaient venus faire du ramdam, générant un défilé incessant de bados et de neuneus, venus sur place pour voir l'endroit où le drame s'était déroulé ; les époux Fauconyaca tous deux internés à l'Ordre hospitalier des Frères de St Jean de Dieu et pour finir, le départ du père Gustave qui avait choisi de se rapprocher de son frère. Tréfort était presque devenu un village fantôme et d'un coup Irène à cette pensée se sentit bien seule. Elle se dit que peut-être qu'à l'auberge de *La Bérézina* un spectacle était prévu en soirée.

Si elle ne gardait pas un souvenir agréable de cet endroit pour y avoir passé des nuits agitées, elle imagina qu'elle pourrait se changer les idées en allant y prendre son repas du soir et assister à quelque chose d'inattendu. Sa décision prise elle ferma la porte et prit le volant pour se diriger vers la pension.

Quand elle arriva elle aperçut le panneau qui annonçait effectivement un spectacle à venir. Elle se gara à côté d'autres voitures et plissa les yeux pour essayer de voir l'annonce :

Étant trop loin, elle se rapprocha du panneau pour voir de plus prêt l'affiche collée dessus.

Alice Tartanfion, la patronne de l'auberge qui s'était juré de ne plus jamais faire venir de spectacle, ayant déjà eu deux désastres à gérer, avait finalement cédé aux sirènes de l'adage qui veut que *jamais deux sans trois*. Sur un petit programme laissé à terre, Irène lut ce qui suit :

N'ayant pas eu le temps de réserver, Irène se dit que connaissant la patronne, elle pouvait quand même tenter le coup et elle poussa la porte d'entrée donnant sur le vestibule. Sur le comptoir en arc de cerce de l'accueil elle fit tinter la sonnette. Il y avait déjà du monde dans la salle de restaurant et elle se demanda ce que faisait une vieille machine à laver dans le hall d'entrée. Au bout d'un moment la propriétaire de l'auberge arriva :

- Tiens... mais c'est Irène ! Çà fait un bail dites donc. Alors... finie la chansonnette ou c'est la pause ménopause ? Ah ah ah... je vous charrie !

- Je n'ai pas réservé...

- Oh mais ce n'est pas bien grave je vais vous trouver une place quand même. Tenez, il y a justement un monsieur qui est seul à sa table tout au fond... vous voyez, il a le dos tourné...

- Ah oui, en effet. Eh bien ce sera parfait, je vous remercie. Quel est donc ce spectacle de magicien auquel nous allons avoir droit ?

- Unique au monde ! J'ai eu des échos de ses nombreux passages chez des confrères, et tous ont été émerveillés par la prestation hors norme de ce magicien. Mais je vous laisse vous installer, il faut que je retourne en cuisine surveiller mon dernier cuistot, car il a tendance à forcer sur le sel et les épices et les clients boivent de l'eau plutôt que mes vins de qualités, et forcement c'est pas le même prix. Allez à plus tard.

Germaine traversa la salle en direction de celui qui lui tournait le dos. Arrivée à sa hauteur elle lui demanda si elle pouvait s'asseoir à sa table. Très élégamment l'homme d'un cinquantaine d'années se leva et la pria de prendre place. Une coupe de cheveux au rasoir parfaite, le teint mat et le regard de braise, celui qui regardait le menu fit immédiatement tomber sous son charme Irène, qui sentit une bouffée de chaleur l'envahir, à moins que ce ne fut les prémices d'une ménopause prématurée. L'homme au physique de Cary Grant était un représentant de commerce qui s'arrêtait parfois à l'Auberge, c'est du moins ce qu'il dit, à celle qui se sentait toute chose en le regardant remplir son verre d'eau fraîche. Puis, faisant de même avec le sien il sourit et clama d'une voix basse et chaude : « - Je lève mon verre à cette soirée qui m'a permis de faire votre connaissance ! »

Le repas fut agréable et au moment du dessert, la patronne entra dans la salle pour annoncer ce qui devait être le nec plus ultra des spectacles de magie. Les lumières furent tamisées, tandis que l'assistant de l'artiste à l'aide d'un trans-palette amenait la machine à laver qu'Irène avait vu dans le hall d'entrée, jusqu'au milieu de la salle laissée libre de tables pour la circonstance, ainsi qu'un panier à linge. C'est alors que le magicien fit son entrée sous les applaudissements et Irène, entraînée par l'enthousiasme général fit de même.

- Mesdames et messieurs, je vais moi, Matrax, devant vos yeux faire disparaître le linge que je vais faire mettre dans le tambour de cette machine à laver. J'aurais besoin de deux personnes dans le public pour vérifier le bon déroulement de l'opération. Madame là, si vous voulez bien vous lever et venir jusqu'à moi. Et vous monsieur... oui vous monsieur, si vous voulez venir également ce sera parfait.

L'assistant approcha le panier à linge et le mage demanda à la femme de bien vouloir remplir le tambour avec le contenu, sans toutefois le charger trop. Une fois fait, il demanda à l'homme de refermer le hublot et de vérifier qu'il ne s'ouvrait plus. Puis il demanda à nouveau à la femme de programmer la machine en choisissant lavage rapide et essorage à 1000 tours minute. Une fois ces tâches effectuées, le magicien s'adressa aux gens attablés :

- Je vais demander à ceux qui ne voient pas le hublot de l'endroit où ils sont de bien vouloir venir se placer avec les autres personnes face à la machine à laver, de manière à constater sans équivoque le prodige. Attention mesdames et messieurs... regardez ce linge, car dans un instant celui-ci va disparaître sous vos yeux. J'appuie sur le bouton marche...

La machine étant trafiquée pour passer les étapes de lavage et rinçage rapidement, le tambour se mit à tourner à la vitesse demandée tandis que le magicien tendait les bras devant lui, les yeux fermés, en totale concentration agitant sa baguette magique jusqu'à ce que... sous les yeux ébahis des gens, le linge disparaisse. D'aussi prêt, que les deux personnes choisies dans l'assistance puissent regarder, elles ne virent rien d'autre à travers le hublot que l'inox brillant du tambour propre comme un sou neuf qui tournait sur lui même. Il y eu des ; *oh* et des ; *ah* d'étonnement et d'émerveillement. Seul le représentant de commerce, qui justement vendait des laves linge et des laves vaisselle, ne trouva rien d'anormal et encore moins de magique là dedans, juste dit-il à Irène, une histoire de force centrifuge. Il conclut que n'importe qui peut vérifier cela à patrie d'un essorage à 1000 tours minute. A peine venait-il de terminer sa phrase, que quelque chose se passa. La machine mal calée, se mit à tressauter de plus en plus violemment et l'appareil électroménager commença à se déplacer de façon erratique, frôlant au passage une femme qui perdant l'équilibre s'en alla dinguer dans les bras d'un homme placé derrière elle. La patronne, déjà traumatisée par les deux derniers spectacles qui avaient viré au cauchemar, voulut faire cesser les soubresauts qui devenaient de plus en plus incontrôlables, en se couchant sur le dessus du lave linge qui subitement, devint comme un cheval fou en sautant sur lui même comme un cabri. L'assistant du magicien tenta de retirer le câble électrique de l'enrouleur, mais il n'y arriva pas à cause de la sécurité enfant. Il remonta alors jusqu'à l'endroit où il était branché, mais une sur-tension avait commençait à faire fondre la prise, rendant une fois de plus impossible de débrancher le câble électrique. La machine emballée parcourait maintenant la salle comme un aurochs sauvage monté par un cow-boy de rodéo, renversant tout sur son passage et la malheureuse patronne, secouée comme un prunier finit pas être éjectée, rebondissant sur une table, pour ensuite venir s'étaler sur le sol carrelé.

Les femmes hystériques criaient, tandis que les gens qui avaient déjà subis un passage, sortaient de la salle de restaurant avant que l'engin diabolique ne revienne vers eux. Irène pensa alors au film de John Carpenter, *Christine*, cette voiture qui dans le long métrage, était possédée et semblait vivante, comme cette chose, qui cette fois-ci se dirigeait vers elle en faisant des bonds. Irène, tétanisée ne pouvait plus bouger, et c'est le représentant qui l'écarta du chemin de l'appareil déglingué. Le magicien et son assistant profitant de la cohue avaient tenté de jouer la fille de l'air, mais ils furent vite rattrapés par des clients furieux qui les molestèrent. Alice Tartanfion venait de reprendre ses esprits, encore bien sonnée. Elle vacilla un instant en se remettant debout, puis en zigzagant, sortit de son établissement, pour aller en découdre avec celui, à cause de qui, elle faillit bien laisser la peau. Pendant ce temps la machine continuait de déambuler en sautant de plus en plus haut, fracassant les carreaux sur son passage. La minuterie avait du rendre l'âme et rien ne semblait pouvoir stopper sa course folle.

Ce fut Irène, qui eut la présence d'esprit de sortir à son tour en courant, afin de demander à celle qui venait d'envoyer des claques en aller retour à Terry Dicule de son vrai nom, où se trouvait le disjoncteur. Elle obtint sa réponse entre deux gifles sonores et en vitesse, alla couper le courant, stoppant ainsi le cataclysme. Abasourdis, les rares personnes encore présentes, regardèrent à la lueur de leur briquet ou de leur portable le tas de ferraille à présent immobile. Toutefois, et comme s'il risquait de se produire le dernier soubresaut de la « bête », ils contournèrent la machine à laver, passant loin d'elle pour sortir de la salle de restaurant dévastée.

- **Un spectacle unique au monde qu'elle disait l'affiche ! Ah tu parles d'une arnaque ! Mais tu vas me payer les dégâts faits par ta saleté de tas de ferraille, et je vais porter plainte pour tentative d'assassinat moi !**

- C'est bien la première fois qu'elle fait ça. Je ne comprends pas, elle est contrôlée tous les ans... comme les manèges des fêtes foraines.

- **Alors toi là, l'assistant... tu vas allez me chercher ton trans-palette et m'embarquer cette épave et que je ne te revois plus jamais !** Quant à toi le magicien de mes fesses, je me demande bien quel tour de *passe passe* tu vas pouvoir faire pour éviter la case prison.

A peine eut-elle finit sa phrase que le charlatan sortit de ses poches deux boules qu'il jeta au sol. Aussitôt un épais nuage de fumée bleuâtre se rependit dans l'air et tout le monde entendit alors un rire sarcastique. Lorsque enfin la fumée se dissipa, tous constatèrent avec stupeur la disparition du magicien.

- Ohhhh ça alors...vous avez vu ça ? Vous avez vu ça ? Ohhhh c'est pas croyable, il a disparu, hop envolé, évaporé.

Les gens se regardaient interloqués et fascinés à la fois. La patronne lança à la cantonade :

- C'est sûrement ça, le clou de son spectacle ! N'en étant probablement pas à son coup d'essai en matière de fiasco, il a trouvé cet artifice pour s'enfuir. Mais il nous reste son assistant. Attrapons le avant que lui aussi ne s'enfuit !

Mais la machine à laver avait déjà été chargée à l'arrière d'un pick up à plateau qui démarra en trombe. Folle de rage, la patronne pria finalement tout le monde de partir avant d'entrer dans la salle de restaurant pour évaluer l'ampleur du désastre.

Plus loin, caché derrière un massif de genets, le pseudo magicien reprenait son souffle après avoir piqué un cent mètre, dissimulé par la fumerolle, qui aurait laissé sur place Usain Bolt lui même. Un peu plus loin, son assistant l'attendait et ils prirent la route pour s'éloigner prestement de l'auberge de *La Bérézina* qui, une fois de plus, avait démontré qu'elle portait bien son nom. Irène comprit que les confrères restaurateurs de la propriétaire (certainement alertés de l'arnaque par d'autres ayant eu affaire au charlatan) s'étaient bien foutu d'elle, en promouvant le spectacle du mage, ne tarissant pas d'éloges au sujet de sa fabuleuse prestation. Dépitée, assise en tailleur au milieu de la grande salle, sens dessus dessous, Alice Tartanfion sanglotait en répétant en boucle tout en se frappant la poitrine : « - méa culpa, je n'aurais jamais du recommencer... méa culpa, je n'aurais jamais du recommencer... méa culpa, je n'aurais jamais du recommencer...

Irène qui s'éloignait d'elle, l'entendait toujours psalmodier son leitmotiv. Elle pensa alors qu'il était nécessaire d'appeler l'Ordre hospitalier des Frères de St Jean De Dieu pour que l'on vint la chercher. Il était temps. La malheureuse commençait à manger des morceaux de nappes tout en s'arrachant des touffes de cheveux.

Irène resta jusqu'à l'arrivée des infirmiers qui la prirent en charge. Elle regarda partir le véhicule en direction de l'asile d'aliénés, pour rejoindre ceux qui y étaient déjà et auxquels elle pensa un instant : en premier lieu, il y eut Mario Gribaldi, le pseudo Chopin, suivi de Alam Bique l'ami Américain, puis de Cunégonde (qui elle ne resta qu'un temps, vous le savez). Il y eut ensuite Rita et Roger Fauconyaca. De plus, Irène apprit qu'un certain Octave de La Glotte avait été reconnu fou et qu'il allait rejoindre tous ces allumés du cigare. C'était maintenant au tour d'Alice Tartanfion de venir grossir les rangs des patients du docteur en psychiatrie Sénégalais Bohbo.

Irène, qui voulait passer une soirée agréable en se distrayant, n'était pas prête d'oublier celle là.

La Chine a bonne mine

Le dernier camion chargé de bottes de paille était stationné à la frontière Belge depuis plus d'une heure, quand le convoi arriva. En un rien de temps, les bottes de paille furent déchargées et entassées sur le terre plein. Cachés dans un compartiment en dessous, les précieux métaux destinés à la Chine furent rapidement transportés dans les véhicules des Roumains et le convoi escorté par deux voitures reprit la route. Les deux hommes de l'équipe de Germaine replacèrent les bottes de paille sur le plateau du camion et repartirent également vers leur destination.

Douze heures plus tard, les six camions envoyés à la frontière Belge étaient de retour et roulaient au pas sur le terrain où Germaine attendait les chauffeurs et le reste de l'équipe. Tous furent félicités pour leur efficacité et reçurent une enveloppe bien épaisse. La cadette avait reçu un message de la part du *Prince* Bibescu de Valachie, qui lui exprimait sa satisfaction et sa joie de collaborer avec elle. Tout semblait aller pour le mieux. L'argent était pour une part, réinvesti dans de nouveaux camions plus performants et des systèmes d'écoute des fréquences radio de la police et de la gendarmerie, ainsi que dans des procédés pour désactiver les alarmes installées sur les chantiers. Germaine, qui fut à bonne école avec les Corses, avait bien compris le fonctionnement d'une entreprise et que la clé de la réussite passe par l'investissement. La journée finie, le portail fut fermé et les chiens berger Allemand et les vigiles prirent la place de l'équipe de jour pour surveiller le terrain et la précieuse marchandise enfouie.

Germaine était rentrée à Tréfort et savourait un whisky de 20 ans d'âge quant la sonnerie du téléphone retentit dans le salon. La fille de Rita et de Roger Fauconyaca était au bout du fil :

- Bonsoir madame Pétulance, je voulais savoir si la maison de mes parents n'est pas trop délabrée, car je compte bien venir habiter avec mon mari au village tantôt.

La cadette, qui avait fait en sorte d'effacer sa véritable identité, tordit la bouche et avala de travers avant de répondre à la fille de Rita sur un ton condescendant :

- Ce n'est plus qu'une ruine qui va nécessiter des travaux titanesques ! Un véritable gouffre à pognon si j'en juge par l'aspect extérieur, alors je n'ose même pas imaginer à l'intérieur ma pauvre petite. Je ne saurais que vous conseiller vivement de chercher à habiter ailleurs que dans cette masure insalubre.

- C'est à ce point là ? Pourtant la dernière fois que je suis venu voir mes parents, la maison m'a parut être saine et...

- Oui mais depuis elle s'est beaucoup dégradée à cause de...

La cadette chercha une raison valable qui pourrait justifier d'un état avancé de détérioration, puis soudain elle lança :

- A cause d'une secousse sismique !

- Tiens, je n'ai pas souvenir d'avoir entendu parler d'une telle chose à Tréfort ces derniers temps.

- Oh, c'était une petite. Mais suffisamment forte pour fissurer la demeure déjà bien fragile.

- La fissurer ?! Mais comment ça ?

- Oh c'est simple, à la prochaine secousse elle se sépare en deux. Remarquez, comme ça chacun aura sa partie, un du côté sud et l'autre du côté nord.

- Je ne trouve pas ça marrant. Bon je monte demain pour voir ça de mes propres yeux. Ensuite nous aviserons si ça vaut le coup de faire des travaux. C'est drôle mais votre voix me rappelle quelqu'un. Enfin... bonne soirée madame.

La cadette préoccupée par cet appel s'installa dans son fauteuil Emmanuelle et réfléchit à la situation. La fille de Rita aurait tôt fait de reconnaître Cunégonde censée être morte et enterrée dans le caveau familial, et de tout foutre en l'air. Il n'était pas question que les choses se passent ainsi, car tout ce qu'elle avait bâti s'effondrerait. Soudain, lui apparut la solution. Les frères Parpaing. Ils étaient exactement ce qu'il lui fallait pour régler la situation. Elle chercha dans les pages jaunes et tomba sur l'entreprise de démolition. Aussitôt elle appela au numéro indiqué :

- Allô... oui c'est moi, enfin c'est nous... c'est pour quoi vous dites ? Casser sans trop casser... j'vois pas trop là...

- Oui je veux que la maison tienne encore debout mais qu'elle soit assez détruite pour être inhabitable. Vous comprenez ?

- ...

- Vous n'avez rien compris ! Il n'a rien compris. Bon, venez demain matin à la première heure au village de Tréfort, à la maison Régali... oui, la maison Régali, avec votre matériel... je vous expliquerez sur le terrain. C'est ça... à demain.

Elle raccrocha et sortit sur le balcon où elle pouvait voir la maison mitoyenne des Fauconyaca. « - Ce sombre crétin, il n'a rien compris ! Mais demain, ça là, à côté... PAF... à dégager !

Le lendemain à 7 heures pétantes les frères Parpaing étaient à pied d'œuvre. Elle comprit vite que les jumeaux avaient une mémoire de poisson rouge, puisqu'ils ne se souvenaient même pas être venu l'aider à remonter l'infortunée électricienne, Jordis Joncteur, qui s'était vautré dans les escaliers menant au studio. Germaine leur offrit le café avant de leur expliquer la situation. :

- J'ai racheté la maison d'à côté en même temps que la mienne voyez-vous...

Les frères se regardèrent et elle compris que la partie n'était pas gagnée. Elle continua :

- J'ai besoin, pour une raison qui m'est personnelle, que vous la mettiez disons... en insalubrité permanente.

Les jumeaux n'ayant pas compris la chute regardèrent leur chaussures de sécurité. Le plus atteint des deux demanda enfin en relevant la tête :

- C'est quand qu'on casse ? Parc'que nous, on est v'nu pour casser.

- Oui... eh bien justement on ne casse pas, en tous cas... pas trop.

- Comment ça ? Mon frère à raison, c'est notre boulot la démolition.

- Eh bien oui, je vous demande de démolir... mais dans la dentelle. Enfin ce n'est pas compliqué quand même ! Tenez venez voir. Regardez, la façade... un coup de boule... juste ce qu'il faut pour l'ébranler et qu'il y ait une belle fissure. Une grosse lézarde ! Je veux une magnitude de force 4.

- En somme si je comprends bien, vous allez nous payer plein tarif pour faire la moitié du boulot.

- C'est ça ! Vous avez tout compris. Et maintenant au boulot parce que l'heure tourne.

Une fois tout installé pour passer à l'action, le bras articulé par les vérins actionna la boule en fonte et Asdrubald la lança contre la façade sud de la bâtisse, avec juste assez de force pour ébranler la construction. Mais soudainement son frère comprit que les choses n'allaient pas en rester là et que son jumeau allait entrer dans sa phase de transe, menant à la frénésie destructrice. En effet, la boule fit le pendule à nouveau, mais cette fois avec la force et l'élan suffisant pour obtenir un tout autre résultat. Le fracas se fit entendre jusque chez Germaine qui arriva en courant pour constater les dégâts :

- *Mais c'est pas vrai ! Je vous ai demandé d'y aller mollo et vous faites le contraire! Non mais regardez moi ça !*

- Remarquez ... vous vouliez la rendre inhabitable... comme ça elle l'est.

- *Ah ben c'est sûr, avec la moitié du toit en moins !*

- Remarquez, comme ça... ça ressemble à une secousse sismique.

- *J'ai parlé d'une petite secousse à la fille de Rita, pas du tremblement de terre de 1980 qui a dévasté la province d'Avellino en Italie !!*

- Moi ma p'tite dame, j'suis là pour casser et j'casse un point c'est tout.

- *Bon alors vous le débile fermez là, vous avez fait assez de dégâts comme çà. Remballez votre matériel de destruction massive et foutez moi le camp !* Vous le plus éveillé, vous m'enverrez la facture plus tard, pour l'instant j'ai à faire ailleurs.

- Ferrailleur... pas mal comme jeu de mot. Car c'est bien le panneau de votre entreprise qui est au bord de la route de Cézanne ?

- Oui pourquoi ?

- Nous avons été appelés récemment pour démolir un immeuble resté en chantier et jamais terminé, et il se trouve que le sous sol n'avait pas été dégagé et qu'il y avait pas mal de ferraille à récupérer.

- Quoi comme genre de ferraille ?

- Oh des trucs comme de l'étain, de l'aluminium, du zinc du nickel, du plomb, sûrement laissés là par les ouvriers et aussi des rouleaux de cuivre oubliés par les plombiers.

- Stop n'en dites pas plus ! Voyez-vous... vous autres les frères Parpaing vous m'avez tout de suite été très sympathiques...

- Ah bon, j'aurais plutôt pensé que...

- Mais non ! ne pensez pas... c'est moi qui pense. Tout de suite sympathiques, dis-je, et vous êtes les bienvenus pour m'apporter toute cette ferraille au 42 route de Cézanne.

- Combien ?

- Quoi combien ?

- Combien vous allez nous payer pour notre livraison...

- Cela va dépendre du poids ça...

- Oh ça doit aller chercher dans les deux ou trois cent kilos... peut-être plus...

- Disons que ça va aller chercher dans les 1500 euros. Mais nous verrons tout ça sur place. Je vous attends demain matin sans faute. Et maintenant j'ai à faire.

  La cadette attendit que les jumeaux démarrent leur camion. Il sortit du tuyau d'échappement un gros nuage de fumée bleue, signe évident que le vieux Mercedes-Benz consommait autant d'huile que d'essence. Puis, une fois partis, elle rentra chez elle pour prendre les clés de sa voiture.

  Quand elle arriva sur l'emplacement de l'entreprise *Germaine Pétulance*, elle vit immédiatement que quelque chose n'allait pas. Deux camions sur six n'étant pas rentrés après leur livraison de métaux aux Roumains. Pour effectuer un transport sans éveiller les soupçons, en traversant la France depuis la Provence jusqu'à Mouscron à la frontière Franco-Belge, les véhicules de 38 tonnes transportaient, tantôt des bottes de paille, ou du bois, ou encore de la ferraille sans valeur alors que les métaux précieux étaient cachés dans des compartiments dédiés. Que s'était-il donc passé pour que quatre membres de l'équipe soient revenus au bercail en taxi. L'un avait un œil au beurre noir et une côte cassée, un autre avait une dent en moins et le nez en équerre, et les deux derniers s'en tiraient presque bien, avec seulement des ecchymoses. Furax, la cadette régla la course du taxi puis, se retournant vers les quatre, leur dit que ce serait retenu sur leur paye, avant de se camper devant eux les mains sur les hanches :

- Et maintenant j'attends vos explications !

- C'est à la sortie de Mouscron que Gino a voulut boire un coup au bar et que...

- Ah non ! C'est toi qui a voulu boire un coup dans ce bar à cause de serveuse que tu avais repéré l'autre fois !

- *Ah ça suffit ! Je vous en foutrais moi de boire des coups en service... et alors qu'est-ce qu'il s'est passé ensuite triple andouille ?*

- Il y a eu une baston générale et quand on est ressorti les camions avaient disparu. On a du nous suivre.

- Comment ça vous suivre... mais depuis où ?

- Nous pensons que...

- *C'est moi qui pense ici !* Alors résumons nous. Pour aller vous rincer le gosier et les mirettes, vous avez laissé sans surveillance deux camions semi-remorque flambant neufs d'une valeur de 160 000 euros chacun. *Alors là je vous félicite !* Maintenant il va falloir faire une déclaration de vol à la gendarmerie de ce bled à la frontière Belge, comment...Mosson, Mascron... ah oui Mouscron, et ce pour faire marcher l'assurance. Vous n'avez plus qu'à prier pour qu'on les retrouve mes camions, *sinon ce n'est pas la porte que vous prendrez mais le portail !*

Elle finit sa phrase en montrant effectivement le portail. Puis en marronnant, elle tourna les talons et rentra précipitamment dans son bureau. Elle décrocha son téléphone appela la gendarmerie du village de Mouscron. Un homme au fort accent Belge décrocha :

- *Allô gendarmerie de Mouscron une fois...*

- J'appelle pour signaler un vol de camions dans votre secteur !

- *Menant ?*

- ... ?

- *Menant... maintenant ?*

- Non ça c'est passé hier, vous êtes au courant ?

- *Ah ben non, peut-être, oui.*

- Oui ou non ? Faites un effort quoi, vous n'êtes pas bien réveillé !

- *Expliquez vous mieux...*

- Ça c'est passé pendant que mes employés étaient dans un bar à la sortie de votre village et …

- *Ah ils se sont pris une douffe stoumelinks ?*

- Quoi ? Je ne comprends rien à ce que vous dites... parlez Français bon Dieu !

- *Holà je vous conseille de ne pas jouer avec mes pieds ! Votre histoire à volle pétrol n'est pas claire du tout.*

- **Bon sang mais c'est pourtant simple, je veux déposer plainte pour le vol de deux de mes camions !**

- *Si vos employés ont voulu aller à Guindaille, c'était pas malin de leur part. Ils se sont dit, après moi les mouches... ah ah ah !*

- **Non mais c'est fini oui !** Alors comment on procède ?

- *Je ne peux pas recevoir une plainte par téléphone, il va falloir que vous veniez à Mouscron. Ce n'est plus la peine de nous sonner.*

- Mais c'est à 1000 bornes au moins votre bled !

- *Ah ça, c'est vraiment à Hoût-si-plou... ah ah ah !*

- Bon eh bien je monte. Je serai sur place dans dix ou douze heures.

- *Couvrez vous bien, parce qu'ici, il fait caillant et il drache.*

La cadette raccrocha : « - L'imbécile, il n'a rien compris et moi je ne comprends rien à ce qu'il dit. » Elle fit venir Firmin Dustriel son employé de confiance.

- Je suis obligée de m'absenter et je veux que tu veilles au grain pendant ce temps. Avec l'autoroute et ma BMW ça ne devrait pas être trop long. Si les frères Parpaing viennent amener de la ferraille, paye les au poids. Ce sont deux crétins sans cervelle et ils ne savent même pas faire la différence entre du cuivre et de la rouille.

La demande des Chinois de plus en plus importante et les difficultés pour se procurer ce qu'ils voulaient étant grandissantes avec des alarmes et des vigiles payés pour arpenter les chantiers, il fallait que les équipes prennent de plus en plus de risques pour voler sans se faire repérer et interpeller. Les camions arrivaient de moins en moins chargés en passant le portail de l'entreprise de récupération de ferraille de Germaine Pétulance, et certains employés, moins téméraires songeaient sérieusement à changer d'activité.

Elle avait constaté par elle même que le stock de métaux précieux commençait à diminuer et le manque de motivation de ses équipes. Elle dit à son employé qu'elle verrait tout cela à son retour et lui donna les dernières directives avant de prendre la route, alors que le ciel se couvrait de gros nuages noirs menaçants.

A peine eut-elle fait quelques kilomètres sur l'autoroute, que des trombes d'eau s'abattirent, l'obligeant à mettre les essuie glace sur la position la plus rapide. La visibilité était devenu quasi nulle et la vitesse impossible avec les risques d'aquaplaning. Si ça continu se dit-elle « - ce n'est pas douze heures que je vais mettre pour monter jusqu'à ce bled paumé, mais deux jours ! »

Le chant des sirènes

Irène avait bien profité de son séjour au calme loin de l'agitation des tournées. Elle avait profité de cette accalmie, pour décorer l'ancienne demeure du père Gustave à son goût et s'y sentait vraiment bien. Mais l'ennuie commençait à la gagner et elle se dit qu'il serait peut-être temps de retravailler sa voix, avant de repartir sillonner le vaste monde. Pour cela elle fit appel à un Maître de chant, un coach vocal Russe dont la réputation était grandissante et qui travaillait avec les plus grands.

C'est par une belle journée ensoleillée que Younick Kelprof dit encore « gorge de velours » arriva au village de Tréfort. Irène eut de la chance que le Russe, résident à Paris, soit sur Aix en Provence pour préparer la grande cantatrice Sarah Croche et qu'il accepte de faire un détour avant de remonter sur la capitale. Il fut reçu comme il se doit, et comme l'heure du déjeuner approchait il fut convié à partager le repas. Le père Gustave, avait la veille amené de la ferme de son frère, des œufs frais, un chaperon et un assortiment de légumes. Pour quelqu'un d'habitué à manger dans des restaurants chics, le plat préparé par Irène accompagné de la bouteille de Pommard de 1985 ouverte précédemment par le père Gustave, surpris agréablement le professeur de chant. C'est donc de bonne humeur que le travail de vocalises commença.

la la la la la la la la la la

- **Non pas bon Irène !** Vous perdre voix en chemin, trop laxisme. Refaire encore... plus de cœur !

la la la la la la la la la la

- **Non pas bon !** Votre diaphragme asthmatique, abdominaux ratatinés et souffle de canari !
- Pourtant je vous assure que je suis au max là...
- Pas Max, moi Younick. Si moi dit pas bon c'est pas bon. Gonfler poitrine sert à rien pour colonne d'air. Maintenant moi vous montrer méthode révolutionnaire à moi.

Il sortit de sa sacoche des petites boules de plastique et les tendit à Irène. Elle regarda les quatre objets et se demanda ce qu'ils pouvaient bien venir faire dans son cours de chant.

- Vous mettre boules dans bouche... deux gauche, deux droite.
- Vous êtes sûr ? Je ne vois pas ce que...
- Pas parler... pour chanter boules dans bouche !

Perdue en conjectures, elle s'exécuta de mauvaise grâce et attendit la suite des préconisations du Maître.

- A présent vous refaire chant même chose.

Elle ne put sortir qu'une bouillie de vocalise et faillit avaler une boule. S'étouffant à moitié et considérant que c'était une question de survie elle recracha les autres en chapelet. L'une vint heurter de plein fouet le nez du Russe, tandis que les autres le frappaient simultanément au front. Craignant que d'autres méthodes révolutionnaires ne viennent encore la tourmenter, Irène coupa court à la séance prétextant un soudain mal de tête :

- Sans doute est-ce du au vin, je n'ai pas l'habitude de boire. Je suis désolée, je vais vous régler pour votre déplacement et vos prodigieux conseils que je ne manquerai pas de mettre en pratique.
- Je vous laisse mes boules, faites en bon usage.

- Oui bien sûr, je vais m'en servir tous les jours.

Elle regarda la voiture s'éloigner pour sortir du village, et se dit que plutôt que de reprendre le chemin des salles de concerts, elle ferait mieux de donner des cours, vu le tarif pratiqué par ce coach despotique aux méthodes plus que douteuses.

La cadette était enfin arrivé à Mouscron qui s'avéra être non pas un village, mais une ville située en Wallonie Picarde. Après avoir demandé plusieurs fois où se trouvait la gendarmerie, obtenant des réponses souvent incompréhensibles du genre de : « -est-ce que vous avez un œuf à peler avec quelqu'un ? », ou encore : « - vous êtes dure de comprenure vous. » Et pour finir : « - ça suffit les questions, tirez votre plan ! » elle finit par trouver ce qu'elle cherchait :

- Je viens pour déposer plainte pour le vol de deux de mes camions.
- Merci... il drache toujours dehors ?
- ?
- Il pleut toujours ?
- Regardez par la fenêtre et vous verrez bien par vous même...
- Ah ben oui. C'est pour une plainte une fois ?
- Oui mes chauffeurs sont allé prendre un verre dans un bar et en sortant les camions avaient disparu.
- Ils n'avaient pas toutes les frites dans le même sachet ceux là dites donc pour aller à Guindaille en laissant les camions. Ça à l'air de vous aller loin cette histoire...
- Bon écoutez je ne comprends rien à ce que vous dites, alors appelez moi quelqu'un qui parle le Français couramment.
- Oufti ?!
- le Français !

Après des explications compliquées avec un brigadier appelé en renfort, Germaine put enfin déposer sa plainte et repartir avec le récépissé pour son assurance. En sortant de la ville elle s'arrêta dans un bar et commanda un café double avant de reprendre sa longue route.

- Attention de ne pas vous appuyer sur le comptoir, ça plèque comme si c'était bleu de quelqu'un !

Pour Germaine s'en était trop, elle avala son café et se jura de jamais plus remettre les pieds dans ce pays, pourtant Francophone, auquel elle ne comprenait rein à l'idiome.

Les yeux comme des couchers de soleil à force d'attention pour ne pas s'endormir sur l'autoroute, elle arriva enfin à Tréfort et se jeta sur son lit pour sombrer immédiatement dans un profond sommeil.

Des comptes à rendre

Pendant son sommeil agité, la cadette se repassait en boucle l'injonction du truand qui se faisait appeler *prince* Bibescu de Valachie : « - *Il vous faudra fournir la marchandise en temps voulu... il n'y aura pas de deuxième service. C'est bien clair pour vous ?* » Elle se réveilla en sueur et sauta du lit. Il était 5 h du matin et elle prit la route de Cézanne sous la lumière ambiante du clair de lune. Arrivée devant le portail, les chiens berger Allemands qui montaient la garde se mirent à aboyer et à montrer les dents :

- C'est moi crétins ! Arrêtez votre raffut... ***coucher !***

Les deux chiens de garde, ne reconnaissant pas Germaine, aboyèrent encore plus fort jusqu'à ce qu'un vigile ne vienne les retenir. Elle finit par pouvoir entrer sur le terrain tandis que l'homme les retenait par le collier. Elle se dirigea rapidement vers son bureau, puis elle commença à faire l'inventaire des stocks disponibles et frémit devant le constat. Impossible de fournir le marché Chinois à cette cadence. Les chantiers de plus en plus surveillés, seules les lignes de la SNCF avec ses travaux de maintenance pouvaient encore fournir, aux prix de grands risques, assez de matériaux pour assurer quelques transport jusqu'à la frontière Belge, et les Roumains allaient vite mettre la cadette devant le fait accompli.

- Allô Ange... oui je sais qu'il est 5 h 30 mais c'est très important. Je n'ai que quelques heures devant moi, avant que d'affreux vindicatifs ne débarquent ici et ce ne sera pas pour m'offrir des fleurs et un tour de danse. Bref je suis dans la merde !

La cadette exposa la situation à l'avocat qui ne vit pas d'autre solution que l'éloignement lointain, estimant que mettre en avant la pénurie des matières premières ne serait pas un argument suffisamment percutant pour calmer le courroux des mafieux.

- Tu as assez d'argent pour aller vivre sous d'autres latitudes. Que dirais-tu des îles Marquises ?
- ...
- ...
- Et tu viendrais avec moi ?

L'avocat, qui pendant un moment avait eu une attirance pour la cadette, finit par comprendre que de tenter de partager la vie avec pareil phénomène, équivalait à avoir en permanence le cul sur la poudrière. La cadette lui faisait désormais penser à l'instabilité de la nitroglycérine et il cherchait à toute vitesse un argument pour refuser l'invitation :

- Hélas, je ne peux pour l'instant quitter le pays, l'état à encore besoin de moi pour fournir des renseignements sur des clients que le fisc veut faire tomber, n'ayant trouvé que ce moyen pour arriver à les coincer. Mais je te rejoindrai... plus tard.

Germaine à cette explication foireuse, ne releva pas mais elle entrevit la solution à son problème :

- Dis donc, et si je t'aidais à faire tomber tout un réseau de trafic de métaux à l'échelle Européenne, qui traite également avec la Chine...
- Tu risques d'être impliquées ?
- Çà, j'en fait mon affaire. Je te balance tout et tu fais remonter les infos à qui tu sais. Je suppose que tu vas toucher une belle prime pour service rendu à la nation.
- Je vais y réfléchir...
- Mais alors très vite, parce que ça urge là !
- Fais ce que tu as à faire pour que l'on ne remonte pas jusqu'à toi et ensuite... on se verra pour que tu me dises tout.

A l'arrivée de son équipe, la cadette demanda aux deux conducteurs des pelles mécaniques de creuser pour dégager tout le stock de métaux restant et à celui du tractopelle de tout charger dans les camions. Il fallut trouver plusieurs endroits où déverser toute cette ferraille sans éveiller les soupçons. Le choix se porta sur trois chantiers. La nuit venue, le ballet des rotations de camions commença avec au volant des employés qui ne comprenaient rien à la situation, car on leur demandait de restituer ailleurs ce qu'ils avaient volé quelques temps auparavant.

A l'aube, les camions rentrèrent ayant fini leur dernière rotation. Le terrain avait été entièrement déblayé et les nombreux trous recouverts d'une bonne couche de terre. Ne restait plus à ciel ouvert, que ce que l'on s'attend de trouver dans une entreprise légale de récupération de métaux. Germaine rappela Ange Casanova et rendez-vous fut pris à Toulon. Il ne restait plus que quatre jours avant que les Roumains ne viennent chercher leur chargement à la frontière Belge, quatre jours avant que le « fossoyeur » ne soit mis au courant du fait que la marchandise attendue n'avait pas été livrée dans les délais.

La Côte-d'Azur en cette fin de mois de Septembre, présente beaucoup d'avantages. Moins de touristes une température agréable et une luminosité particulière pour les amateurs de photographies. La cadette gara son coupé BMW devant le cabinet de l'homme de loi. Une sorte de veillée d'armes eut alors lieu. D'abord dans les murs décorés de boiseries du vaste bureau, puis au restaurant et pour finir dans le lit de l'avocat où, après des ébats rugissants, Ange Casanova, à moitié sonné comme un boxeur ayant tenu dix rounds, avait obtenu tous les renseignements lui permettant de contacter la brigade nationale de répression du banditisme et des trafics.

Quelques jours plus tard, les médias évoquaient le démantèlement de tout un réseau de trafics en tous genres, à une échelle insoupçonnée avec des ramifications dans plusieurs pays étrangers. Le public découvrit avec étonnement à quel point des métaux pouvaient à ce point être côtés sur un marché aussi particulier.

Quelque part dans les Carpates, un homme était entré dans une petite chapelle. Il avait fait son signe de croix pieusement et s'était agenouillé devant une statue de la vierge Marie. Il avait quitté son chapeau en entrant et après avoir terminé son recueillement l'avait remis en sortant. Le « fossoyeur » venait de faire le serment de retrouver, coûte que coûte, une certaine Germaine Pétulance. Les membres de son gang avaient été arrêtés par la police d'Interpol, les ressortissants roumains faisant l'objet d'une notice rouge – avis de recherche international – à la suite d'une étroite collaboration, entre les bureaux centraux nationaux de Roumanie et le siège du secrétariat général d'Interpol situé à Lyon. Ne restaient plus, aux côtés du *prince* Bibescu de Valachie, que ses deux fidèles gardes du corps. Mais l'individu, aussi dangereux qu'un crotale dérangé pendant sa sieste, vouait désormais un haine tenace à celle qu'il s'était juré de pourchasser le restant de ses jours et il était prêt à tous les sacrifices, pour mener à terme sa vengeance.

Gai luron et la joie de vivre

Irène, qui après le décès malencontreux de son frère Jeannot avait récupéré une partie de ses affaires, était tombé, en faisant un tri pour ne garder que l'essentiel, sur son journal intime. Par curiosité elle commença à le feuilleter. Le moins que l'on puisse dire, c'est que celui qui était passé maître dans l'art d'escagasser son entourage en faisant l'innocent comme un gobi la bouche ouverte, après avoir provoqué des situations d'une confusion extrême amenant systématiquement la zizanie, ne tarissait pas d'éloges pour la cadette de la fratrie Régali. Celle qui pourtant le vilipendait à l'envie, l'humiliant à la moindre occasion, le considérant comme un fada au QI de pintade, semblait bénéficier du syndrome de Stockholm, Jeannot adoptant systématiquement son point de vue.

Lui revinrent en mémoire les réunions familiales au cabanon où pendant les parties de boules mémorables, Jeannot en arrivait à tricher après que la cadette eut pointé, car tout en mesurant le point, il poussait mine de rien une boule de pétanque gênante, pour lui accorder la victoire. Elle se souvint aussi quand il réglait son dérailleur de vélo et surtout sa hauteur de selle, en se basant sur les côtes du champion Eddy Merckx pour obtenir les meilleures performances. S'étant inscrit à des courses amateurs appelées « vire vire » son coup de pédale lourd et mou le plaçait, après quelques tours à mouliner, en dernière position et à l'agonie devant la voiture balai. « - *Le prochain coup je monte ma selle et ça va faire mal !* » Chaque Dimanche Joséphine Régali assistait à la déconfiture de celui qui était persuadé, à chaque départ, de ramener le bouquet à sa mère. « - *Si ce couillon de numéro 10 ne m'avait pas bloqué dans le virage je changeais de braquet et je leur mettais un vent à ces minables !* » Il est certain que jamais de sa vie Jeannot n'alla aussi vite que ce jour funeste, ou ses freins lâchèrent et qu'il descendit comme un bolide le col de vallongue. A cette pensée, Irène referma le journal. C'est alors qu'elle vit les boules laissées par le coach vocal, qui étaient restées posées sur la table basse du salon. Elle se dit qu'elle pouvait à nouveau tenter l'expérience, cette fois-ci sans pression et l'esprit serein. Elle les plaça dans sa bouche et les répartit deux par deux de part et d'autre des joues, puis elle commença à vocaliser. Contre toute attente, elle ne mit pas longtemps à maîtriser la technique et à placer sa voix. Elle monta la gamme et les sons fusèrent sans effort, crées avec l'avant de la bouche pour revenir à un **UT** en note tenue et finir en trémolo. Dès lors elle décida d'appliquer de façon journalière, la méthode tant vantée par le professeur de chant Russe Younick Kelprof.

Une semaine plus tard, Irène contactait son agent pour lui dire qu'elle était prête à reprendre le chemin des tournées. Elle se sentait reposée et sa voix n'avait jamais était aussi belle qu'en ce moment. Le planning fut établi et les directeurs des salles les plus prestigieuses la programmèrent. Les musiciens furent conviés aux premières répétitions à Aix en Provence. Quelques jours plus tard la troupe était prête à honorer son premier contrat à Londres.

Ses valises bouclées, Irène attendait qu'un taxi vienne la chercher et elle commençait à fermer les volets de sa demeure, quand la sonnerie du téléphone résonna dans la pièce principale.

- Allô ?
- *Irène Régali ?*
- Oui c'est moi, c'est pourquoi ?
- *Je me nomme Ange Casanova et je suis...*
- Je sais qui vous êtes... que voulez-vous ?
- *Il me faut vous parler, c'est très important car cela concerne votre sœur.*
- Ma sœur... je n'ai pas de contact avec elle et c'est très bien comme ça voyez-vous.
- *Si je m'adresse à vous... c'est qu'il y a urgence !*
- Expliquez vous.
- *Votre sœur s'est mise dans une situation dangereuse et vous pourriez être*

le moyen pour elle de se mettre au vert pendant quelques temps.

- Je ne comprends rien à ce que vous me dites et je suis pressée là, j'attends mon taxi qui ne va pas tarder à arriver.

- *C'est une question de vie ou de mort ! Vous devez la prendre avec vous en tournée...*

- Quoi ?! Il n'est pas question d'emmener cette gorgone avec moi où que ce soit ! Vous avez perdu la tête ou quoi ?

- *Votre sœur est dans le collimateur d'une personne extrêmement dangereuse et un contrat est sur sa tête. En partant avec vous elle ne pourra pas être retrouvée facilement ce qui laissera le temps à Interpol de régler le problème car nous connaissons le commanditaire.*

Irène abasourdie sentit ses jambes flancher et elle chercha l'accoudoir du fauteuil pour s'asseoir. Ce n'était pas le fait que des truands lui en veuille qui lui faisait battre le cœur à 180, elle plaignait plutôt ceux qui se mettraient en travers de sa route, mais plutôt de se coltiner la cadette pendant les six mois que durerait la tournée.

- *Je fais appel à votre sens de la famille et je sais que vous allez accepter...*

- Contrainte et forcée ! Mon taxi arrive... je dois rejoindre mes musiciens à Aix et notre avion décolle dans trois heures de Marseille. Où est-elle ?

- *Elle est chez-moi à Toulon.*

- Toulon ?! Bonjour le détour !

- *Pas de problème je déposerai votre sœur où vous voudrez...*

- Alors à Aix, devant la salle de concert au Grand Théâtre de Provence. Je l'attendrai...voyons, il est 14 h, le temps d'arriver à Aix devant la salle ça va faire 15 h 30... et le temps de rejoindre l'aéroport presque une heure... donc disons 16 h 30. J'attendrai un quart d'heure, après nous partirons avec mes musiciens.

- *Entendu, nous y serons !*

Quelle tournée !

L'avion décolla à l'heure. Pendant le vol les deux sœurs ne s'adressèrent pas la parole. Irène, sachant que désormais la cadette était recherchée activement pour lui régler son compte, se dit qu'il faudrait une fois à Londres, dire à son agent de se mettre à la recherche d'un ou deux gardes du corps pour assurer sa sécurité tout au long de la tournée.

L'avion se posa et roula un moment sur le tarmac avant que le pilote ne coupe les réacteurs : « -*Lady and gentleman, welcome to London ! the company radin air way wishes you a good stay !* »

La troupe descendit de l'appareil et se dirigea vers les voitures qui attendaient les artistes pour les conduire jusqu'au célèbre *four seasons Hôtel London at Ten Trinity Square*. Irène se vit attribuer la O*ne Bedroom Deluxe suite,* et les musiciens furent répartis dans la *Supérior King* et la *Deluxe King*. Germaine attendit qu'on lui indique enfin dans qu'elle chambre elle allait passer la nuit. Un silence pesant s'installa, le réceptionniste ne sachant quoi faire, celles-ci n'étant réservées que pour six. La cadette regarda sa sœur, qui comprit qu'il fallait vite faire quelque chose sous peine de scandale imminent.

- Ma sœur est avec nous. Nous n'avons pas eu le temps de prévenir, veuillez nous excuser.

- Je vois. Mais il ne me reste comme chambre que l'*Exécutive Room*...

c'est sous les toits.

- Ce sera très bien.

- *Comment ça très bien ? Tu n'as qu'à la prendre toi si c'est si bien !*

- Ne commence pas à nous emmerder, c'est déjà assez stressant comme ça avec ton histoire. Et puis c'est juste pour deux nuits.

- Ouais... ça ira pour ce coup ci, mais la prochaine fois arranges toi pour que j'ai une suite.

Chacun pu enfin s'installer et prendre le temps d'apprécier le confort offert par l'hôtel classé 5 étoiles. Irène avait demandé sans tarder à son agent de lui trouver une personne fiable pour assurer sa protection au cas ou. Tandis qu'ils discutaient de quelques points de détail avant le concert du soir on toqua à la porte. « - Sans doute le *room service*, je vais ouvrir. »

A peine venait-il d'entrouvrir la porte , que le bousculant au passage la cadette entra en vociférant que son mini bar n'était pas bien pourvu et qu'elle venait voir dans celui d'Irène s'il n'y avait pas du bon whisky.

- Mais enfin tu es vraiment cinglée ! Tu vas nous emmerder longtemps comme ça ?! J'ai un concert très important ce soir et je dois régler certaines choses avec mon agent et les musiciens.

- Oh ça va, faites comme si j'étais pas là. De toutes façons les gens ne feront pas la différence si tu n'es pas bonne, ils n'ont pas les esgourdes finies. Moi j'en ai entendu des cantatrices, des vrais, avec une signature vocale et une présence sur scène à faire péter les boutons de braguette.

- Fous moi le camp !! Va de retro Satanas ! Sors d'ici ou j'appelle la sécurité !

- Madame et ses grands airs... ça va, je me retire. Mais je serai dans la salle, alors tâche de t'appliquer et de m'impressionner pour une fois !

Irène attrapa un cendrier en cristal, Saint Laurent Baccarat et le lança à la tête de sa sœur qui sentit le déplacement d'air quand il la frôla. Sans demander son reste elle sortit de la chambre en marronnant.

L'agent d'Irène n'avait trouvé qu'un seul bodyguard de libre en passant par une agence spécialisée, à cause du défilé annuel de la reine Élisabeth II, nécessitant un maximum de membres des services de sécurité. L'homme qu'il avait en face de lui était affublé de rouflaquettes rousses et dissimulait ses yeux derrières des lunettes noires. Il avait encore les dents noircies par sa prise de charbon actif, censé garder le ventre plat et faciliter la digestion en évitant le ballonnement. Il ne baragouinait que quelques mots de français et regardait consentement autour de lui comme si le pire devait arriver à tout moment. Vu la stature du personnage, l'agent se dit qu'il ferait l'affaire et le conduisit jusqu'à la chambre de celle qui faisait ses vocalises. Les présentations faites, il se positionna à l'extérieur devant la porte d'entrée.

Le soir venu une salle comble attendait le retour de celle que la presse anglaise surnommait *the great voice*. Les musiciens d'Irène avaient pris place dans la fosse se mélangeant à l'orchestre symphonique qui ouvrit le concert tandis que le rideau s'ouvrait sous les applaudissements. Artiste lyrique au talent reconnu, notre cantatrice commença son tour de chant lançant sa voix sans effort jusqu'au balcon, portée par la musique en Allegretto, ponctuant ses phrases à la manière des fins de paragraphe ou de chapitre en littérature, pour conclure en cadence une transition entre deux passages où les cuivres rivalisaient avec les cordes dans un élan dithyrambique. Soudain Irène aperçut la cadette qui, ayant repéré une place à l'avant scène, se frayait un passage obligeant les gens en smoking et robe de soirée, à se lever pour la laisser passer jusqu'au premier rang. En essayant de ne pas se décontenancer, Irène poussa la voix sur une note tenue en regardant d'un œil sa sœur qui venait d'ouvrir un paquet de chips. La cadette avala de travers et toussa bruyamment, tandis que sa sœur aînée essayait d'accentuer la puissance de ses phrases mélodiques pour ne plus l'entendre, tout en la foudroyant du regard. L'orchestre suivit en montant d'un cran. Ce fut le bouquet final, avec sa voix virtuose poussée à sa limite pouvant donner des complexes à la Callas et la symphonie en crescendo sous un tonnerre d'applaudissements. Des bouquets jetés sur la scène firent rapidement un parterre fleuri. Irène salua tout en regardant la cadette qui tordait la gueule avec un air pincé, ne comprenant toujours pas ce déferlement d'enthousiasme pour sa sœur, alors qu'une standing ovation allait durer plus d'une minute.

Derrière le rideau, le garde du corps attendait que celle qui continuait de ramasser quelques bouquets, finisse de saluer pour le rejoindre ainsi que son agent et le Directeur de la salle qui jubilait : « - Wonderful ! I've never heard anything like it ! Such vocal power... you are a prodigy ! » Je suis sûre, dit Irène à voix basse à son agent, que demain je suis aphone. Puis elle se tourna vers le Directeur pour le remercier : « - Thank you very much! But the orchestra was fabulous tonight. I'm going to the hotel now. »

Arrivée dans sa chambre, elle se mit à hurler de rage finissant de solliciter sa voix :

- **Cette garce ! Il a fallu qu'elle vienne foutre la merde ! J'ai du pousser mon organe à l'extrême pour couvrir sa toux et je suis sûre que demain soir je ne pourrai pas chanter !**

- Calme toi... une bonne nuit de sommeil et des bonbons au miel et tu seras en pleine forme.

- Je te préviens que demain je demande au gorille qui est devant la porte de l'enfermer dans sa chambre pendant mon tour de chant. D'ailleurs, où est-elle passée là ? Il faut toujours avoir un œil sur cette fabrique à cataclysmes.

- Je crois qu'elle est au bar de l'hôtel.

- Eh bien bonjour la note de frais ! Elle a déjà vidé la moitié de mon mini bar, le sien étant sûrement déjà tari et maintenant elle s'attaque au grand modèle. Je n'aurais jamais du accepter de l'emmener avec nous.

- Il va peut-être falloir lui trouver quelque chose à faire pour qu'elle se sente intégrée à la troupe.

- A part videuse à l'entrée je ne vois pas.

- Je vais y réfléchir. En attendant il faut dormir car demain, le fameux et terrible critique anglais, Stu Tacarrière, sera dans la salle.

- Je vais prendre un somnifère sinon je vais revoir en boucle cette peste avec ses chips.

- Tiens prends ça avec un verre d'eau et mets toi ton bandeau sur les yeux. Allez à demain Irène. Ton garde du corps à pour consigne de ne laisser entrer personne à part moi. Bonne nuit.

Du brutal

Le lendemain au réveil elle était totalement aphone. Son agent avait trouver son garde du corps endormi devant la porte de sa chambre et se dit qu'il eut mieux valu prendre un chien plutôt que cet olibrius. Un sifflement émanait du larynx d'Irène quand elle essayait de chanter et elle était en panique. Au deuxième jour d'une tournée de six mois, le désastre était total et l'agent n'imaginait même pas devoir annuler les dates, véritable gouffre financier à venir. La sonnerie feutrée du téléphone créa une diversion et ce ne fut pas Irène qui répondit :

- Oui c'est pour quoi ?

- *Un appel de France pour mademoiselle Régali. Je le passe dans la chambre ?*

- Oui merci......... Allô ?... non, je suis son agent...

- Puis-je parler à Irène Régali ?

- Non car elle est indisposée ce matin. Mais vous pouvez me dire ce qu'il y a de si urgent et de si...

- Dites lui que tout danger est écarté et que Germaine peut rentrer en France !

- Oh mais c'est formidable ça !

- Le commanditaire du contrat a été abattu par les agents d'Interpol !

- Je ne vais pas manquer de le lui dire. Merci de nous prévenir, elle va être folle de joie. Au revoir Maître Casanova !

Il raccrocha et se tournant vers Irène, il lui déclara que le truand qui avait mis un contrat sur la tête de sa sœur avait été neutralisé :

- Un type qui se faisait appeler *prince* ou encore « le fossoyeur ».

- Et qu'est-ce que cela implique ?

- Eh bien plus de payeur, plus de contrat. Aucun malfrat ne va honorer un contrat s'il n'y a pas d'argent à la clé. Le type a été descendu en sortant d'une petite chapelle orthodoxe avec ses deux gardes du corps.

- Alors ça veut dire que ma calamité de sœur peut nous quitter pour rentrer en France ?

- Hein ? Ah oui... elle peut nous quitter, et le plus vite sera le mieux. Je vais aussi donner congé à ton bodyguard, tu n'as plus besoin de lui. Il ne reste plus qu'à retrouver ta voix d'ici à ce soir et tout sera parfait.

- Çà c'est une autre histoire. Apporte moi mes boules...

Il chercha dans la valise et les trouva sous les magazines Vogue, Marie Claire, Elle, Cosmopolitan, Madame Figaro etc...

- Tiens, c'est ça que tu veux ? Mais ça sert à quoi au juste ?

- Je ne sais pas exactement mais cela m'a aidé à améliorer encore ma voix. Tu vas voir... je les place comme ça dans ma bouche... et *la la la la la la la la*... fe fui fûre qu'il y a du mieux... non ?

- Pas vraiment. Tu devrais plutôt essayer le miel ou un grog. Il y a une boisson qui fait fureur en ce moment dans les pubs. Tu devrais peut-être essayer... c'est l'expresso Martini TNT.

Irène retira les boules de sa bouche et lui répondit en soupirant :

- Au point où j'en suis. Allons goûter ce breuvage.

Ils descendirent jusqu'à l'accueil et s'apprêtaient à sortir de l'hôtel quand il aperçurent Germaine qui attendait un taxi pour rejoindre l'aéroport. Irène ne voulait plus voir sa sœur mais comme aucun black cab n'arrivait, ils se décidèrent à sortir. La cadette les voyant arriver s'écria :

- ***Eh bien, pas fâchée de quitter ce gourbi sous les toits !*** Quant à toi, je suis soulagée de ne pas avoir à me farcir ta voix de crécelle encore plus longtemps. Je rentre retrouver la belle France et te laisse à ta vie de bohème sans intérêt. J'ai mis la note du bar sur ton compte...*ça a les moyens les divas* ! Ah voilà mon taxi. ***Bon vent !***

Soulagée de voir partir sa soeur, Irène et son agent se mirent à la recherche d'un pub. Ils en trouvèrent un, *The Angel of Bow* qui ouvrait à 16 h. Il était moins cinq et ils attendirent donc l'ouverture. Le serveur avec un large sourire ouvrit les deux battants de la porte d'entrée en verre martelé et ils rentrèrent à l'intérieur retrouvant le décor feutré typique des pubs Irlandais. Des clients habitués commençaient à arriver et à s'attabler. Irène répondit au barman qui lui demandait ce qu'ils voulaient prendre :

- We would like to taste your special drink, the express Martini TNT.

- What are you saying ? I didn't hear...

- She said, we would like to taste your spécial drink... the express Martini TNT.

- All right, no problem, I'll bring you this right away. But, be careful, it's brutal !

- Thank you ! Il nous amène ça, et il a ajouté que c'est du brutal. Nous allons nous risquer sur le bizarre.

    Les boissons amenées par le serveur ne donnaient pas l'impression d'être annonciatrices d'effets redoutables. Cependant, la faible quantité de liquide versé dans les verres laissait supposer qu'il s'agissait bien d'une consommation forte. Ce fut Irène qui se lança la première. Elle avala une gorgée et aussitôt les larmes coulèrent sur son visage. A la deuxième, elle ressentit une chaleur intense au niveau du pharynx tandis que des frissons lui parcouraient le corps. Une troisième gorgée l'installa dans un état de sérénité qu'auraient pu lui envier les bodhisattvas. Son agent suivi son exemple et trouva que cette boisson avait du répondant et ne manquait pas de caractère. Soudain, Irène piqua du nez et tomba de sa chaise. Affolé il vint à ses côtés pour constater qu'elle s'était endormi. Il lui tapota la joue et demanda au serveur, qui était accouru voir si tout aller bien, d'amener de l'eau.

    Quand Irène ouvrit un œil, elle déclara :

- C'est une expérience à renouveler !

- Redis moi ça !

- C'est une...

- Çà y est... ta voix est revenue !

- Mais oui, c'est un petit miracle... il nous faut un tonneau de cette boisson miraculeuse !

    De retour sur le sol français, Germaine prit un taxi de Marseille jusqu'à Toulon. Ange Casanova, prévenu de son arrivée, l'attendait ayant pris soin d'annuler tous ses rendez-vous pour la journée. Tout danger écarté, elle pouvait à nouveau envisager de vivre sa vie sans avoir une épée de Damoclès suspendue sur la tête. L'avocat lui conseilla de tout quitter pour partir vers un endroit paradisiaque où elle pourrait boire des cocktails sous les cocotiers sans plus s'occuper de rien. Mal lui en pris :

- *Et pour me faire chier de long ?!* Pas question, je suis une femme d'action moi ! Je liquide mon activité de ferrailleur et je surfe sur autre chose.

- A forcer de *surfer* sur la vague de la criminalité, tu vas mal finir le parcours. Cette fois encore c'est passé prêt, alors il serait temps de te ranger des voitures comme on dit. Et puis vois-tu, moi même j'en ai assez de passer mon temps à vouloir aider les gens à se sortir de situations dans lesquelles ils ont l'art de se fourrer et je ne verrais aucun inconvénient à partir avec toi pour d'autres aventures.

- Eh bien c'est entendu. Je m'occupe de liquider mon entreprise et aussi de mettre en vente la maison Régali. Ensuite nous partirons pour la Polynésie. Je pense avoir la personne idéale sous la main pour la maison... une petite nunuche, que je m'en vais te rouler dans la farine en moins de deux.

Trois semaines plus tard, Germaine avait trouvé un repreneur pour son entreprise et comme elle ne fut pas trop gourmande sur le prix, l'affaire fut vite conclue. Elle surveillait à présent du haut de son balcon les lacets conduisant à Tréfort. La cadette redescendit pour accueillir devant la maison la personne qu'elle attendait et la fille de Rita se gara le long du mur en pierres de la maison Régali, puis elle coupa le moteur. Elle resta un moment à rassembler des papiers qui avaient glissé dans les virages, puis elle ouvrit la portière pour sortir de son véhicule. Germaine, prétextant un refroidissement suite à une nuit passée dans un refuge de haute montagne, s'était affublée d'une écharpe lui couvrant le bas du visage et avait chaussé des lunettes à double foyer. Méconnaissable de la sorte, elle était sûre que qu'elle la reconnaîtrait pas. Après être entrées dans le salon, et avoir visité le haut, elle voulut voir les chambres et le studio. Germaine ne voulant pas d'une énième catastrophe dans ce maudit escalier, ôta ses lunettes avec lesquelles elle n'y voyait rien et passa la première avec une lampe torche, le plafonnier n'étant toujours pas réparé. A chaque marche elle se retournait pour voir si la jeune femme suivait sans encombre : « - Surtout tenez vous bien à la rampe. Nous y sommes presque. » Elles arrivèrent en bas sans incident et la suite de la visite enchanta la fille de Rita, bien qu'elle aperçut par intermittence, un gros lézard traverser nonchalamment le studio pour disparaître derrière le meuble de télévision.

Un prix fut convenu et comme Germaine ne fut, encore une fois, pas trop gourmande, sachant qu'il y avait des travaux de rénovations à effectuer dans la demeure familiale, l'affaire fut conclue et rendez-vous fut pris chez le notaire Maître Yves Remord.

Une fois la vente finalisée, la cadette dans les starting block attendait que les choses avancent du côté de son amant. L'association *Bric à Brac* avait fini d'emporter ses meubles et elle trouva à se loger à l'hôtel *le parpaillot* en attendant de partir au pays des essais nucléaires. Les jours passèrent...une semaine, un mois, six mois, sans nouvelles d'Ange Casanova. « - *Me l'aurait-il faite à l'envers ? Si c'est ça, il va me le payer le prix fort l'avocaillon !* » La sonnerie du téléphone retentit dans la chambre la tirant de ses pensées revanchardes.

Tout était prêt. L'avocat avait cédé son cabinet à un confrère avec son agenda pour une somme rondelette, et plus rien ne s'opposait au départ du couple improbable à l'autre bout du monde. A l'aéroport Ange Casanova attendait sa dulcinée dans une tenue appropriée. Chemise à fleurs et pantalon blanc, chapeau Panama Cuenca et tongs. Germaine, qui avait également revendu son coupé BMW, descendit d'un taxi dans un accoutrement qui fit écarquiller les yeux de l'ex homme de loi. Une jupe verte et orange mettant en valeur ses jambes arquées, un justaucorps jaunes fuchsia et des chaussures lui faisant comme des péniches au pieds. A la vue de ce tableau, Ange Casanova fit un effort pour réprimer une furieuse envie d'abandonner ce projet, qui n'avait sûrement d'idyllique, en Polynésie ou ailleurs, que la brochure de l'agence de voyage. L'avion décolla pour une durée de vol de 24 heures et la poussée des réacteurs lui fit prendre rapidement de l'altitude. La cadette dit alors tout fort « - *Papeete nous voici !* » puis elle sortit de son sac, deux rondelles de concombre qu'elle appliqua sur ses yeux avant de poser dessus un bandeau de sommeil noir. L'ex avocat se sentit soudain bien seul au dessus des nuages. Regardant à présent la cadette qui ronflait comme un camionneur et dont le souffle en expirant faisait vibrer la bordure du bandeau, il ne pu s'empêcher de penser qu'en prenant cet avion, il avait sûrement fait la plus grosse connerie de sa vie.

Carte postale

Rentrée d'une épuisante tournée internationale, Irène ouvrit les volets et aéra les pièces. Les herbes folles avaient poussé et n'ayant pas du tout la main verte elle fit appel à un professionnel pour venir éclaircir le jardin. Le spécialiste arriva un beau matin et se mit au travail. A la fin de la journée le jardin avait retrouvé tout son charme et Irène paya l'artisan avec le sourire, lui donnant plus qu'il n'avait demandé, ainsi tout le monde fut content. Une fois son repas du soir terminé, elle voulut aller écouter un groupe amateur qui allait se produire sur la place du village. Une scène assez grande avait été montée par les agents municipaux et les musiciens avaient déjà fini de faire les réglages de son. Elle entendit de chez elle que le concert avait commencé et sortit pour rejoindre quelques personnes déjà sur place. Le groupe des *Toni's* aurait du s'appeler « les assombris » vu la mine abattue des musiciens. Le son était saturé et les enceintes grésillaient à chaque riff de guitare. La voix du chanteur n'était qu'une bouillie de paroles incompréhensibles et le claviériste, visiblement imbibé, faillit tomber de la scène à la renverse, heureusement retenu par un des montants de la structure, ce qui lui évita de se vautrer en bas. Le batteur de ce groupe de cauchemar tapait tellement fort sur ses fûts qu'il couvrait les arpèges tandis que ses cymbales, à chaque coup de baguette, faisaient brinquebaler les pieds pendant que sa grosse caisse avançait, repoussée par le guitariste qui pendant ce temps ne jouait plus. Le bassiste quant à lui tournait le dos au public et il sembla à Irène qu'il avait choisi de jouer autre chose que la grille d'accords. Elle prit des photos pour immortaliser cet instant assourdissant hors norme, puis n'en pouvant plus de subir cette cacophonie indescriptible, elle rentra chez elle et ferma les fenêtres à double vitrage pour ne plus ouïr le brouhaha.

La cigale d'or

Plusieurs années passèrent et un Samedi en relevant son courrier, Irène vit qu'il y avait, mélangée à des lettres de fans, une enveloppe en provenance de Tahiti. Intriguée elle la décacheta et trouva une carte postale avec jointe une photographie. Sur celle-ci elle reconnut sa sœur cadette mais pas le vieil homme à ses côtés :

Soudainement elle réalisa que ce vieillard n'était autre que Ange Casanova. Cet homme superbe, ce séducteur invétéré, avait du tellement en baver avec la cadette qu'il avait vieilli prématurément. Elle pensa que pour réussir l'exploit de vivre avec une telle calamité, il avait du connaître l'enfer et en avait payé un lourd tribu. Encore pantoise par ce qu'elle avait sous les yeux elle lut le petit mot reconnaissant l'écriture de sa sœur.

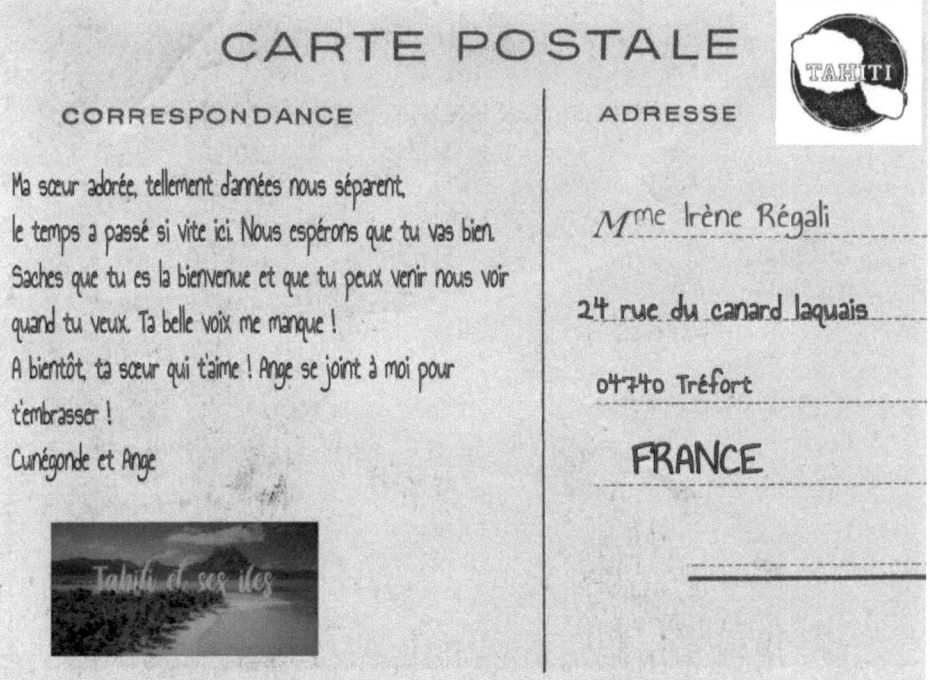

Vu l'aspect du papier, cette carte avait certainement du se perdre en route et traîner dans un bureau de poste quelconque avant d'arriver jusqu'à sa destinataire. Devant ce déballage affectif de la cadette Irène se posa la question de savoir si elle avait à ce point pu changer avec l'éloignement. Mais réfléchissant à la phrase « *ta belle voix me manque* » elle se dit que c'était impossible de changer à ce point là... pas Cunégonde. Elle reposa la carte postale et regarda à nouveau la photo en pensant que ce pauvre Ange Casanova, s'il était encore de ce monde, était bien à plaindre. Elle rangea l'enveloppe et son contenu dans un tiroir, puis vaqua à ses occupations devant le soir, recevoir des amis artistes. Elle avait invité également pour l'occasion le coach vocal Younick Kelprof, de passage en Provence, tenant à le remercier pour son enseignement concernant à l'époque le maniement de ses précieuses boules.

La soirée s'achevant elle déclara qu'elle mettait fin à sa carrière. Les convives surpris essayèrent de la convaincre, mais sa décision était prise depuis un moment déjà et elle allait passer à autre chose. Elle avait un jour réalisé étant seule dans sa loge dans un pays dont elle ne connaissait ni la langue ni la culture, à quel point les années passent vite. De son enfance où elle chantait en cachette en imitant ses idoles, jusqu'à sa carrière bien remplie, il lui sembla avoir vécu plusieurs vies. Irène avait donc décidé de mettre un terme à sa vie d'artiste et dès le lendemain, elle allait prendre possession des clés lui ouvrant les portes de sa nouvelle vie car Alice Tartanfion, n'ayant pas de famille, avait à sa demande, dans un éclair de lucidité, demandé à ce que son bien fut mis en vente. C'est ainsi qu'après différentes offres d'achat toutes rejetées, Irène devint la nouvelle propriétaire de l'auberge, et la première des choses qu'elle fit, fut de changer le nom d'enseigne de l'établissement, une sorte d'exorcisme, vu la poisse tenace liée à cet endroit.

    Les touristes affluaient car le bouche à oreille fonctionnant, la réputation de l'auberge de *La Cigale d'or* allait en grandissant, notamment grâce à un cuisinier hors pair, qui descendait lui même chercher ses produits frais au marché ainsi que chez les petits producteurs. Le nom d'Irène Régali n'y était pas pour rien non plus, car beaucoup de clients venaient pour la rencontrer et se faire prendre en photo ou avoir un autographe. Les affaires marchaient bien et elle triait sur le volet les animations et les spectacles programmés, pour le plus grand plaisir de tous.

    Quand elle quittait chaque soir l'auberge, déléguant au gardien de nuit le soin de veiller à ce que tout se passe bien jusqu'au lendemain, elle rentrait chez elle en passant devant la maison Régali et il lui arrivait parfois de sentir sa poitrine se serrer. Elle repensait alors à Jeannot et à cet incroyable gâchis qui avait conduit à la désunion de la fratrie, à cause du caractère épouvantable de Cunégonde. Cette bâtisse qui les avait vu grandir dans les rires et les disputes, les chamailleries et les coups durs que la famille avait toujours su surmonter, comme tant d'autres, avec cette gouaille bien Provençale.

Une fin au choix

Il appartient à présent au lecteur, de choisir la fin qu'il préfère pour clore cette saga.

Premiere version :

    Les années avaient passé et la couleur auburn de la belle chevelure d'Irène avait laissé la place à un jolie gris cendré, tandis que les rides marquaient son doux visage. Un jour comme un autre, elle reçut un avis de décès. Elle s'assit un instant et posa le document sur la table basse du salon, puis elle se leva pour ouvrir un des tiroirs de la commode pour en sortir une enveloppe rangée là des années auparavant, qu'elle posa à côté de l'acte officiel. Elle se mit ensuite en quête de fouiller dans des affaires récupérées après le décès de sa mère Joséphine Régali et finit par trouver un sous-verre encadré. Sur le cliché en noir et blanc elle figurait en compagnie de Cunégonde et de Jeannot. Elle revint s'asseoir et ressortit de l'enveloppe la carte postale reçue de Tahiti. Des larmes coulaient à présent sur ses joues quand elle relut l'invitation de sa sœur à la rejoindre afin de la revoir. Elle n'avait même pas cru bon de lui répondre, pensant qu'une fois de plus, en lisant la phrase « *Ta voix me manque* ! » que la cadette se fichait d'elle.

    Aussi fou que cela puisse paraître, (mais peut-être était-ce du, une fois de plus, au syndrome de Stockholm), Ange Casanova, inconsolable avant de partir la rejoindre Ad patres, s'était occupé de tout. Dans la lettre jointe à l'acte de décès, il expliquait que c'est lors d'une plongée sous-marine que Cunégonde fut piquée par une méduse-boîte, notoirement dangereuse et mortelle pour l'homme. Malgré une résistance farouche, la cadette devait succomber à l'une des créatures les plus venimeuses du monde. En d'autres circonstances, Irène aurait déclaré ironiquement « - Aucun poison au monde ne peut venir à bout de ma sœur, puisque c'est elle qui est le plus virulent. »

Le corps aurait du être rapatrié pour que le cercueil soit déposé dans le caveau familial. Le seul problème, et de taille, c'est que dans le dit caveau, se trouvait déjà une autre personne du nom de Régali. Cet homonyme que le docteur Tuladanlos avait fait passer pour la vraie Cunégonde, fabriquant un faux permis d'inhumer, afin de faciliter l'évasion de la cadette de l'hôpital psychiatrique. La sœur d'Irène et Jeannot, était donc officiellement décédée à l'hôpital psychiatrique de l'Ordre des frères de St Jean de Dieu. L'ex avocat mis dans la confidence depuis le début puisque s'étant occupé de procurer les faux papiers de celle qui allait devenir Germaine Pétulance, s'occupa de faire enterrer la cadette en Polynésie. Il contacta donc le consulat du pays et fit toutes les démarches administratives requises.

Les jours qui suivirent, Irène se plongea dans le travail à l'Auberge mais le cœur n'y était pas. Par une chaude après midi, le serveur du restaurant alla toquer à la porte de la chambre dans laquelle sa patronne avait pris l'habitude de faire une sieste bercée par le chant des cigales. Il insista et n'obtenant aucune réponse, il poussa la porte pour trouver Irène sans vie. Elle était partie paisiblement pendant son sommeil, un sourire éclairant son doux visage.

Deuxième version :

Il y avait beaucoup de monde pour l'enterrement du père Gustave. Jean Piètre qui était également présent dans le cortège se rapprocha d'Irène :
- Tu as des nouvelles de ta sœur ?
- J'ai reçu une carte postale et tout semble allait parfaitement bien pour eux. Tu ne le sais peut-être pas, mais elle est partie en Polynésie avec son amant Ange Casanova, et apparemment ils seraient actuellement à Tahiti.
- Eh bien, en voilà un qui a de la constance dans la patience.
- Il a pris un sacré coup de vieux en tous cas. Je suis contente qu'il y ait du monde pour suivre ce vieux bougon de Gustave jusqu'à sa dernière demeure. C'était un sacré bonhomme quand même.
- Oui, résistant de la première heure, il en a fait voir de toutes les couleurs aux boches. Et ensuite, on peux dire qu'il a participé au développement du village, en s'opposant aux maires successifs qui ne voulaient pas entendre parler de Tréfort comme d'un village touristique, mais plutôt comme d'un mouroir, sans commerce, avec une route mal goudronnée pour y accéder. C'est grâce à lui si on a eu un bar, une boulangerie une épicerie et même un hôtel pendant un moment avant que le chantier de l'autoroute ne soit terminé.
- Oui un sacré bonhomme. Passe donc à l'Auberge ce soir, nous avons un très bon spectacle qui nous vient d'Italie.
- Pourquoi pas, cela me changera les idées car depuis que je suis à la

retraite j'ai des coups de cafard et je compte les moutons pour m'endormir.

A la fin de la cérémonie le cortège se dispersa et Irène rentra chez-elle où du courrier l'attendait. Elle le récupéra avant de pousser la porte d'entrée. Une enveloppe estampillée de la commune de Taiarapu-Ouest à Tahiti attira aussitôt son attention. Elle la décacheta et lut ce qui suit :

Tel : + 689 48 48 45

Gendarmerie de Tahiti
Avenue Pouvanaa

Objet :
Communiqué d'information
Réf : HNGFHT2655

Madame Irène Régali, nous vous adressons ce courrier afin de vous faire part du fait qu'une certaine Germaine Pétulance, a été trouvé errant sur la plage de Taiarapu Ouest par la police municipale. Cette personne ne semble pas avoir toute sa raison suite au décès de son conjoint d'une crise cardiaque. Dans les affaires de cette dame les policiers ont trouvé un petit agenda, dans lequel figurent parmi d'autres, vos nom et adresse.

Cette personne par ailleurs a prononcé votre nom au moment de son interpellation, et c'est pourquoi, nous nous adressons à vous pour que vous fassiez le nécessaire en contactant Mondial Assistance, afin de procéder de toute urgence à son rapatriement en France.

Cette femme visiblement dérangée, a été placée en attendant dans une unité de soins spécialisée.

Attendant de vos nouvelles à l'adresse ou au numéro de téléphone indiqués, veuillez agréer nos salutations.

Irène se dit que cette fois était la bonne et que la cadette était vraiment mûre pour le cabanon. Elle contacta Mondial Assistance et expliqua la situation à un jeune stagiaire qui lui demanda, certainement en lisant la liste des cas de rapatriement :

- C'est pour quoi ? Accident de la route... dysenterie... paludisme... hospitalisation d'urgence...

- Stop arrêtez ! On va dire que c'est une hospitalisation puisqu'elle est en soins dans une unité spécialisée pour troubles mentaux.

- Ah, troubles mentaux... cette personne est-elle dangereuse ? Parce que dans ce cas nous tombons sous le coup de la responsabilité civile, avec obligation de réparer les dégâts causés par son fait et...

- Stop encore une fois ! Elle n'est pas dangereuse et je vous demande de la ramener sur le sol Français, c'est à ça que vous servez, et c'est pour ça qu'elle avait souscrit un contrat chez-vous. Je dois informer la gendarmerie de Papeete que la procédure est lancée, alors vous faites fissa !

- Bien bien. Alors donnez moi les coordonnées de l'endroit où on doit récupérer cette personne et en moins de temps qu'il n'en faut pour le dire elle sera en France.

Les palabres terminés Irène repartit avec l'assurance que sa sœur serait bientôt de retour. Le choc du départ de son compagnon avait eu raison de sa santé mentale et Cunégonde allait de nouveau retrouver les murs de l'établissement psychiatrique de l'Ordre des Frères de Saint Jean de Dieu et cette fois-ci, pour de bon.

Quand les infirmiers, qui l'avaient prise en charge depuis l'aéroport l'accompagnèrent jusque devant l'entrée de l'asile, elle fit un geste de la main et la porte automatique s'ouvrit. Comme elle s'avançait dans le long couloir, ils la virent s'arrêter à la hauteur de la salle de vie commune et l'entendirent s'exclamer : « **- Salut les copains !!** »

Irène, soulagée de savoir sa sœur en de bonnes mains, avec le docteur Bohbo elle passa à nouveau plus de temps à s'impliquer dans le bon fonctionnement de l'auberge de *La cigale d'or*. Un jour, par une fin d'après midi idéale, alors que des joueurs de pétanques continuaient leur partie devant la terrasse, arriva un homme élégant vêtu d'un blazer bleu marine sur mesure, d'une chemise blanche rentrée dans un pantalon gris avec ceinture Boggi Milano, et pour finir aux pieds des chaussures de marque

Italienne Vittorio Veneto. Il désirait une chambre seulement pour une nuit et tandis qu'il signait le registre, il plongea son regard dans celui d'Irène. Si le coup de foudre existe, nul doute que ces deux là en firent l'expérience ce jour là.

C'est ainsi que Celso Leil ne repartit jamais. Ce diplômé Italo-Québécois d'astrophysique avait trouvé son univers. Un sourire en permanence accroché aux lèvres il virevoltait entre les tables pour servir les clients. Cette vie simple loin des colloques scientifiques, agrémentée par les regards amoureux d'Irène le ravissaient et il ne regretta jamais son choix. Elle, comblée et heureuse ne regretta pas non plus le sien de quitter la scène, pour ce petit coin de paradis qui ne désemplissait pas et était devenu le fief de beaucoup d'artistes de renom, dont l'un deux déclara à la presse locale : « - Je n'ai jamais connu d'endroit dans le monde entier, comme celui là. Je suis peut-être fou de le dire, mais l'unique différence entre un fou et moi, c'est que moi je ne suis pas fou. Il y a des jours où je pense que je vais mourir d'une overdose d'autosatisfaction en regardant le tableau que j'ai offert à la propriétaire de cette auberge magnifique. » Un autre artiste sculpteur devait déclarer à son tout : « - La nature aime se cacher dans mes œuvres, mais si tout influe sur moi, rien ne me change. Mais cet endroit est comme l'essence même de la statuaire et le moins que l'on puisse demander à une sculpture, c'est qu'elle ne bouge pas. Qu'il en soit ainsi de cet établissement tenu par le couple le plus sympathique qui soit ! Que jamais il ne change ! » Encore à un autre de déclarer : « - Je lève mon verre à l'énergie car il n'y a pas de chef d'œuvre dans la paresse. A nos infatigables hôtes dont la bonne humeur communicative ne peut que nous nous inspirer ! » Pour finir ce tour de table dithyrambique, l'artiste peintre qui avait pris le premier la parole ajouta : « - La peinture est la face visible de l'iceberg de ma pensée. » Puis saoul il piqua du nez sur la table sous les rires de ses amis.

Ainsi s'achevait une soirée, comme il y en eut tant d'autres à l'auberge de *La cigale d'or*. Une fois seuls sous la tonnelle dans la fraîcheur du soir avec une couverture sur les jambes, Celso montrait à Irène les constellations du zodiaque et lorsqu'il arrivait au signe du poisson, Irène s'était endormie, la tête posée sur son épaule sous le beau ciel étoilé de Provence.

Épilogue

Dix ans plus tard, en faisant du rangement Irène retrouva à sa grande une photo sur laquelle était réunie la fratrie.

6 Mars 1989

famille Régali : Irène, Cunégonde, Jeannot

80 ans plus tard, sous la maison d'Irène, désormais abandonnée, de nombreux vestiges de constructions gallo romaines furent localisés. Lors du commencement des recherches archéologiques, dirigées par le célébrissime professeur, Olof Fouillesibien, un membre de l'équipe trouva, jaunie par le temps, une photographie qui attira son attention :

Incroyable les gars, lança t-il aux autres, enthousiasmé : « - C'est la fameuse auberge où mon grand père venait passer du bon temps avec ses amis artistes ! Il y a connu Salvatore Dali, Picasso, El Greco, et tant d'autres... musiciens ou poètes. Tous à un moment ou un autre sont passés par cette auberge ou disaient-il, régnait une ambiance unique. Elle était tenue par une ancienne chanteuse d'opéra et son mari, une tronche en astrophysique, un type fort sympathique. Mon grand père avait les yeux qui brillaient quand il parlait de cet endroit fréquenté également par les joueurs de pétanques du coin. »

Ému, il rangea religieusement la photo dans son sac à dos et rejoignit à ses camarades sur le chantier de fouille.

Le récit de la saga de la famille Régali terminé, il me faut, tout comme vous, quitter ces personnages attachants qui, tout au long de leur parcours chaotique, auront pleinement vécu leur vie, sous le ciel de Provence ou d'ailleurs. Cette histoire comme tant d'autres va glisser sur la barrière du temps, jusqu'à s'effacer des mémoires. Mais il se peut bien que Cunégonde, reste un prénom que l'on ne soit pas prêt d'oublier de si tôt.

FIN

© 2021, Audrey Roman
Édition : BoD – Books on Demand,
12/14 rond-point des Champs-Élysées, 75008 Paris
Impression : BoD - Books on Demand, Norderstedt, Allemagne
ISBN : 9782322380053
Dépôt légal : Août 2021